岸辺の旅

湯本香樹実

文藝春秋

岸辺の旅

装画　相原求一朗「石狩川の午後」
装幀　坂川栄治＋田中久子（坂川事務所）

I

あたった黒胡麻に砂糖を混ぜ合わせて餡をこしらえ、さてこれをしらたまでくるもうと思ってふと顔をあげると、配膳台の奥の薄暗がりに夫の優介が立っている。しらたまは彼の好物だったし、こんな夜中にきゅうに食べたくなったのは妙だと感じてもいたから、「ああそうだったのか」とすぐに思った。やはりそうだったのか。優介がいなくなって三年経つ。これまで、どこかで生きているのかも、と考えないでもなかったが。どこかであたらしい暮らしを、あたらしい人と、あたらしく。

鍋の湯が沸いている。黒い餡をしらたまで手早くくるみ、次々熱湯に落としていく。湯気のむこうでゆらりと立ち、優介は私の手もとを見つめている。そういうことは、以前もよくあった。私が料理するそばでぶらぶらしながら、その日一日にあったことをとりとめもなく話すのが好きだったのだ。言いたいことを言いだせないときも、台所で私のすることをいつまでも見ていた。

あの日、いなくなる前夜も、台所でしばらく立ちんぼうをしていた。声をかけようと顔をあげると、彼は自分の部屋にひきあげるところだった。あのときもし、私が話しかけていれば。無理にでもひきとめて、何でもいいから話しかけてさえいれば。

おかえりなさい、と私は言った。気づいたら言っていた。むこうは少し安心したようだった。

「これでもいそいだんだ」

言いわけしてる。怒ったような、でもほんとうに怒ったときとはちがう平べったい声の調子。以前と少しも変わっていない。

「ずっと歩いてこなくちゃならなかったから」

「歩いて?」

「そうだよ」

「どこから」

こちらの問いには答えず、「どのくらいたった?」と訊いてきた。

「三年」

するとかさな驚きの声をあげた。まるく開いた口のなかは黒く、歯が見えない。「ずいぶんかかったなあ」

しらたまが鍋の中で踊っている。白い粉の中にとじこめた黒い餡が、うっすら透けてきた。火を止め、赤い小さな椀に、熱いゆで汁ごと注いだ。

「どうぞ」

優介は食卓について椀をのぞきこんでいたが、ふと顔をあげて言った。「台所の電気を消して」

蛍光灯を消すと、部屋は深紅のベールに覆われた。食器棚の上の、私たち夫婦が「赤いランプ」と呼ぶスタンドだけが点《つ》いている。紅色のステンドグラスを四角く貼り合わせて笠にしたスタンドは、優介が古物屋で見つけてきたものだった。沈んだ赤色のベールのむこうから、黒々した闇がしみ出てくる。昔々の人の巣穴のような部屋で、私はひさしぶりの夫の顔をしみじみと見た。すんなりした頬の線や切れ長の一重の目が、赤い光のせいか木彫りの像みたいに見える。台所の蛍光灯が点いていたときよりくっきり、たしかな感じだ。無意識のうちに、私はなにか印のようなものを探していた。何の印かはよくわからないが、その印を見さえすれば、ああと納得できる。そんな印を探していた。

優介は以前そうしていたように、まず椀のなかの湯をすすって、しらたまをひとつ口に滑りこませた。とたんに、

「あつっ」

頬をすぼませる。胡麻の餡は油があるから、熱を保つのだ。

「気をつけて」

「今日のは……うまくできてるな……餡が外にぜんぜんもれてない」

こちらに目もやらず、頬をふくらませて口のなかをふうふう吹いている。空腹らしい。

「髭を剃ったの」

「ひさしぶりに会うのに、髭ぼうぼうではと思ってね」

私が黙っていると、「変だろう、でも髭は伸びるんだ」とつけたした。

「触ってみるかい？」

「ええ」

箸を置き、優介は顎をわずかに突き出した。左の中指と薬指をそろえて、そっと触れた。毛穴の奥から押し出されてくる無数の黒い錐《きり》を感じて、思わず手を引っ込めた。

「驚いた？」

「……ちょっと」

「俺の体は、とうに海の底で蟹に喰われてしまったんだよ」

「え」

「俺を喰った蟹は、人間に喰われてしまったのもいるが、まだ生きてるのもいる。生きているのは、あいかわらず海底でゆらゆらと待っているんだ」

何を待ってるんだろう、と思ったけれど、言った本人は箸で椀の底をつついているばかりだ。

やがてしらたまをひとつ箸の先にのせ、めずらしい標本でも見るようにながめながら、「面倒だよ」と言った。「髭が伸びるのがさ」

「伸ばしていていいのに。髭、似合うもの」

「だって、きみが言ったんじゃないか」

箸の先のしらたまを、用心深く口もとに運ぶ。素早く、魚が獲物に食いつくみたいにひとのみにした。

「初対面でとりあえず感じのいい人間に見られるには、髭は剃っておいたほうが無難だって」

「初対面だったら、よ」

「旅をしてきたんだよ、俺は。いろんな人間の世話にならなくちゃいけなかったんだ」

「もう一度触ってもいい？」

「どうぞ」

ざらざらした顎をなでた。なでながら、髭を剃っては肌を赤く腫《は》らしていたことを思い出した。私の剃刀の扱いがうまいと言って、ときどき髭をあたらせたことも。

「もういいだろう」

きゅうに不機嫌そうになって体を引くと、椀のなかをじっとのぞきこんでいる。伏せた瞼が、双子の月のように薄暗がりに浮かんでいる。

ねえ、と私は声をかける。「さっき、ずいぶんかかったと言ったけど」

「そうだよ。ここまで来るのに三年もかかってしまった」

椀をのぞきこんだまま、「戻るのに三年かかったんだよ。姿を消して、ぐずぐずしちゃいなかったからな」

平たい声で言う。

「ぐずぐずせずに……どうしたの」

私の問いには答えず、ゆで汁をそろそろすすっている。

「どうしてそんなことしたの」

「病気だったんだ」

「病気の人がみんなそんなことするわけじゃないわ」

ことんと音をたてて、空になった椀をテーブルに置く。「まったく。そのとおり」

「ずいぶん捜したのよ。もちろん警察にだって届けた。何もしてくれなかったけど」

「警察は忙しいんだよ。いい大人が勝手にどこかへ行ったからって、そうそうかまっちゃいられないよ」

「どこに行ったの、家を出て」

「きみ、食べないの？」

私の椀を、優介は前屈みになってじっと見る。

「ええ、食べてちょうだい」

でも彼は椀に目を据えて動こうとしない。椀の中身を目ですすりあげんばかりだ。

「不思議な感じだったよ。ほんとうに、あっという間なんだが……」

ちらと私を見て、また椀に目を戻す。私が椀を彼の前に置くと、もとのように背を伸ばした。

「あっという間だった。いったん一歩踏み出して、ことがはじまってしまうともう引き返せない。あっけないんだ。あっぷあっぷしたと思うと、きゅうにぐいと引きこまれる」

ぐいと引きこまれる、その感じは私にもわかる。子供の頃、頭のおかしな男に川に落とされて、溺れたことがあった。川の濁った水の色、水中では大人の手のように太く大きく見えた自分の手、上昇する無数の泡、ひろがって揺れていたチェックのスカート……八百屋の配達のおばさんに助けられ、病院に運ばれた。気がつくと父がいて、「大丈夫だ、おまえには生き運がある」と言った。父は無口で、心の内を簡単に見せたりしない人だったけれど、そのときの父の表情には不思議な輝きがあった。生き運という言葉の意味は知らないまま、水を恐れるどころか泳ぎの得意な子に私がなれたのは、父のおかげかもしれなかった。

「水で、という気はしていたわ」

「苦しい思いをすることは、ほとんどなかった」

「……そう」

「そうだったよ」

「よかったわ」

「……」

「苦しくなかったのなら、という意味よ」

「わかってるよ。まあ、そうだな。よかったんだろうな」

優介はかつて自分が毎日使っていた箸をしばらくもてあそんでいたが、ふと思い立ったように二杯目のしらたまを素早く食べた。すっかり食べてしまうと、目の前の姿はいっそうくっきりした。

「お茶を淹《い》れてくれよ」

私は台所に立った。そういえばひとりになってから、お茶を飲むことがなくなっていた。もともとお茶が好きなのは優介のほうだった。以前、彼のために買って、そのまま冷凍庫に入れっぱなしになっていた茶葉を出し、ていねいに淹れた。

「うまい。新茶だな」

使い慣れた自分の湯呑みで、彼は目をほそめてお茶を飲んでいる。たしかに、三年も凍って眠っていたお茶とは思えなかった。

「その瞬間というのは……つまり、たましいみたいなものが体から離れるときというのは、わかるものだよ。体から離れたとたん、楽になった。楽になったとたん、しまったことをした、そう思った」

「しまったって、そう思ったの？」

「ああ」

「……」

「たしかに苦しくなかったんだ。痛いとか、息ができないとか、そういう我慢しなくちゃならない時間というのは、拍子抜けするくらい少なかったよ。でもその瞬間の『しまった』という感じは……ほんの一瞬のことなんだが、とても強かった」

ふと、部屋が水中のように揺らめいた。赤いガラスに覆われた電球の光が、瞬き、揺れている。

「おかしなことを言うみたいだけどね……しまったことをしたと感じたのは、俺のたましいみたいなものじゃなく、体のほうだったんだ」

「わかったの？」

「わかった」

「離れたのに？」

「離れたからわかったんだ」

「……」

「俺と俺の体は、きっとあさっての方を向いていたんだろうな。離れたとたん、お互いのことが手にとるように理解できたんだ」

「それで、歩いてきたの？」

優介はじっとうつむいている。しばらく赤いほらあなのような部屋で、ただ向かい合わせに座っていた。

「後悔しているのとは違うんだよ。どのみち、俺はもう長いことなかった。病気だったんだから」

明かりがまだ揺れている。電球が切れかけているのかもしれない。消えたら見えなくなってしまう。明かりと一緒に、きっとこの人も消えてしまう。まだ話したいことが、きいておきたいことが、いっぱいあるのに。

「きみが三年の間どうしていたか、話してくれないか」

ああと思った。私がこの人の三年間がわからないように、この人にも私がどうしていたかわからない。

「いやならいいんだ」

「……それは、捜したわ」

たぐるまでもない記憶を、私はたぐった。

「毎日、いろんなとこへ行った」

「どんなところ？」

「お寺や教会、大きな公園とか河川敷……ホームレスの人に配食したり、着る物を配ったり、そういうボランティアの人たちがいるのよ。日雇い仕事の手配師に会わせてもらって、優介の写真を見てもらったりもした」

「そういうとこで俺が生きてると思った？」

「それしかしようがなかったもの」

「……」

「朝、ひとりで目覚めると、寝室の空気が妙にすっきりしているの。起きて動きださずにはいられなかった」

　彼は喉の奥で「うん」と言った。

「まる一年、捜したのよ。捜すなかでたくさんの人に会った。皆、どうしてだか私が捜しているのが子供だと思うの。それもたいていは、娘でなく息子だって思いこんでる。写真を見せて夫だとわかると、きゅうにしらけたような顔をされたわ」

「捜すことなんかなかったんだ」

「……捜してほしくなかった?」

優介は黙っている。

「ご主人は捜してほしくないのかもしれませんよ、そう何度も言われたから」

「誰に」

「いろんな人に」

「どうせ俺のことを知りもしないやつらだろう」

「捜してほしかった?」

「……考えていなかった、捜してほしいともほしくないとも」

この正直さはいかにも優介らしかった。私は立ち上がり、お茶を淹れなおした。

「次の一年は、捜さなかった」

熱い湯呑みを彼の前に置いて言うと、顔をあげずに「どうしてたの」と訊いてきた。

「ずっと眠ってた」

「……病気?」

「医者は、心臓が痛いのに、悪いのは心臓じゃないって。飲むとすごく眠くなる薬をだされて、寝たかったらいくらでも寝ていいなんて言われた」

「今は?」

「もう飲んでない。どこも痛くないし……ふつうに暮らしてる」

「金は？　そろそろなくなったろう」

「もうじき働くの。今までは結婚前の貯金があったし」

「結婚前って、俺のを使ってないのか」

「電話代とか光熱費とか、口座から引き落としのものはそのままにしてるけど……それ以外、優介のものには手をつけてない。この住まいがあるだけでありがたいと思ってる」

　ふうん、というように息を吐き、彼は私を見て言った。

「あのさ、俺の遺体が発見される心配は、百パーセントないよ」

「……」

「さっきも言ったように、蟹に喰われてしまったんだから」

「どうしてそんなこと言うの」

「つまり七年たって失踪宣告されるまで、相続の問題が発生する心配はないってこと。俺の遺体が突然見つかったりしたら、面倒なことがいろいろあるには違いないだろう？」

「でも失踪宣告って、こちらが申し出なかったらそのままなんでしょう？」

　すると彼の眉がぴりぴり小刻みに動いた。「とにかくあと四年のうちに、俺のものをうまく処分するなりきみの名義にするなり、しておくんだな」

「……それで」

「なんだ」

「それで私が感謝するとでも思ってるの」

「そういうことじゃないよ馬鹿。どうせだったら節税したほうがいいって言ってるんだ」

遠くで救急車のサイレンが鳴っている。ランプの瞬きがせわしくなっている。立ち上がり、台所に行った。明々と天井灯を点けても、あるいは真っ暗闇になっても、この人はきっと消えてしまう。まだ引き留めておかなくてはならない。引き留めてどうするのか、どうなるのかはわからないけれど、引き留めておかなくてはならない。マッチが……たしか流しの横の引き出しにあったはずだが……

「でも変ね」

つとめて軽い口調で話しながら、一番上の引き出しを開けてすぐ閉め、二番目を開けて探ってみる。栓抜き、缶切り、輪ゴム、ねじ回し……

「……夢を見たの。優介がどこか田舎の……農家みたいなところで働いてる夢。もしかしたら造り酒屋とか、漬物とか佃煮とか家族だけでおいしいものをつくってるような家かもしれない。そういう家に優介が住みこんでて……とても大きくて重そうな、葉っぱか何かがたくさん入ったカゴみたいなものを、顔を真っ赤にして持ち上げてるのよ。優介が力仕事なんかしてるの見たことなかったから、私、すごく驚いた。それから、そこの家の主人と覚《おぼ》しき老人が話してるの。『あの男はどこからやって来たのか素性も知れないが、よく働く。置いてやればいいじゃないか』って。その人の顔は、もし会えばわかるわ。はっきりおぼえてるから」

暗いなかで引き出しを探りながらのほうが、向かい合っているより話がしやすかった。

「だから私、優介はそうやって生きてると思ってた……」

マッチはなかなか見つからない。ふと顔をあげると、ランプの光のせいで、彼の表情も赤く揺らめいて見える。憤怒にとりつかれた悪鬼と、恥じらっている少年と、一瞬ごとに頭がすげ替えられているみたいに。もういちど引き出しに手を入れると、すぐマッチに触れた。

「ガス台の横の一番下の引き出しに、蠟燭が入ってるよ」

頬を染めた男の子が教えてくれる。たしかに、ちびた蠟燭が引き出しの底にへばりついていた。

「あった？」

そう声をかけてきたのは、赤鬼だ。

この家のものの在処《ありか》を、私より死んだ人のほうが知っているなんておかしな感じがした。結婚する前から優介はひとりでここに住んでいたのだから、あたりまえといえなくもないのだが。

「駄目ね。芯がつぶれて、とても点きそうにない」

「雨戸のすべりをよくするのに使っていたからな」

「いつの話？」

ここには雨戸なんかない。

「昔だよ。ここに住む前、岬で家を借りていたって話しただろう」

もしかすると優介はその岬から海に入っていったのかもしれない。あのあたりは冷たくて速くて大きな海流の通り道だから、とんでもないところまで流される……でもそれはもう何度も何度も繰り返し考えて、すりきれてしまった考えのひとつにすぎなかった。

蠟燭の芯を爪でほじくりだし、マッチを擦った。ジッという音とともに芯は燃え、すぐに消えてしまった。マッチのにおいだけが、あとに残った。赤いランプの光は、あいかわらず風に吹かれてでもいるように瞬いている。コードの接触が悪くなっているのだ、たぶん。

「しらたま、もっとある？」

鍋に火を入れ、少しあたためた。三杯目を、彼はゆっくり食べた。口のなかで、軽く歯と歯のあたる音がした。

「目の前にいるのが死んだ人間とはとても思えない。そう思っているね」

「そうなのかな……よくわからない」

「瑞希《みずき》の考えてることは、たいがいわかるんだ。前から、もしかしたら瑞希以上に」

「どんなこと、たとえば？」

「俺がセックスがへただと思っていただろう」

びっくりした。「思ってないわよ、そんなこと」

優介は探るようにじっと私の顔をのぞきこんでいる。真剣そのものだ。

「うまいとかへただとか、そういう考え方はしたことなかった。ねえ、どうしてそんなこと考えるの。わざわざそんなこと言いに来たの?」

「俺の部屋の始末はしたのか」

「部屋はそのままよ。でもあちこち開けてみたのは仕方ないでしょう」

私にそう言われ、気まずそうに横を向く。秘密も何もかも見られてしまったのだから当然だが、まるで子供だ。

「あのね……」

言いかけたとき、赤いランプの光が激しく瞬いた。

「あ!」

部屋は真っ暗になった。

私は手さぐりで食卓の上のマッチを摑むと、おおいそぎで擦った。なかなか火が点かない。ツンとくるにおいとともにようやく燃え上がると、目の前の椅子は空っぽになっている。

「優介!」私は叫んだ。「待って……待ちなさい!」

マッチの炎が燃え尽きた。いそいで別の一本を取り出したが、手もとがふるえてうまく擦れない。マッチ箱が床に落ち、ばらっと音をたてて中身が床に広がった。私はもう一度、優介を呼んだ。腹の底から絞り出すような声に、自分でぎょっとなった。

「何をあわてているんだよ」

声とともに、赤い光がぼうっと点いた。

目の前の椅子は、空っぽだ。

「どこ?」

返事がない。

「どこよ!」

次の瞬間、彼は台所の床にしゃがみこんでいた。隙間風の通る窓の下で、膝に顔を埋め、すねた子供のようにうずくまっている。

「……どうしてそんなとこにいるの」

「ここがいいんだ」

「ねえ……明かりを点けちゃだめなの?」

「点いてるじゃないか」

「もっと明るくしちゃだめ?」

ゆっくりと、優介は顔をあげた。黒い、きらきらしすぎるほどの瞳で私を見つめて、

「こっちにおいで」

と言った。

おとなしく、彼の横に座った。台所のつめたい床の上で、つめたい壁によりかかって、ふたり並んでじっとしていた。優介の体はあたたかい。その奥には何かひんやりしていてどっしりしたものがあって、それがあたたかさの膜をくぐり抜けて、隣り合っている私の体にしみこんでくるのがわかる。

「みっちゃんがさっき話したの、ほんとなんだ」

ぼんやりした声で言った。

「俺がどっかで働いてた話」

「だって」

「ここまで戻って来る途中だよ、もう死んでからの話」

「……死んでしまってから、働いてたの？　重いものを持ち上げたり？」

「ここまで長い道のりだったんだ。そうやって長い旅をする死者は少なくない。旅の途中で疲れてしまって、一カ所に住み着いてしまうのもいる。誰もそいつが死んだ人間だとは気づかない……だがある日ふと、またいなくなってしまう」

それならこの人は、もともと私と暮らしていたときから死んでいた、ということもあり得るのだろうか……そう考えて、気がとがめた。彼に対してというより、私たちがともに過ごした時間に対して。それにもしそうなら、こんなふうに帰ってきはしないだろう。

「……その働いていたところで、ずっと暮らすことは考えなかったのね」

「ちょっと休む必要があっただけだよ」

そう応じてから優介は、「勘がいいんで驚いた」と、ずいぶんやさしいような、あきらめたような声で言った。

私は首を振った。「優介のこと、私なんにもわかってなかった」

すると彼は「ああそうだな」と、やはりやさしいような、あきらめたような声で言った。

「俺がどうして帰ってきたと思う？」

「何か恨みでもある？」

「恨み？」

彼は逆に訊いてきた。「思い当たることでもあるの」

「それは……気になることはある」

「何」

「電話」

「電話？」

「最後に電話をくれたとき」

あれが最後だった。職場から、彼はひどく興奮して電話をかけてきたのだった。

優介は医科大学の歯科の講師をしていた。その朝、体調がよくないならしばらく休みをとってほしいと私が言うと、めずらしく素直にうなずいて出ていった。昼過ぎにかかってきた電話で、いきなり「大学を辞めた」と言われて私はびっくりした。咄嗟《とっさ》に、驚きを見せてはいけないと思ったのだが、隠そうとしたことがかえってよくなかったのかもしれない。辞めたものは辞めたのだ、自分はもう限界だ——憤然と言い放ったのを最後に、電話はぷつんと切れた。論文が書けないとか、体調がぐずぐず優《すぐ》れないとか、教授との相性が今ひとつとか、問題がなかったわけではない。でもほんとうのところ、何がどうなって人ひとりが消えてしまうことになったのか、皆が首をひねった。あの時、あの最後の電話で、私はどうすればよかったのだろう。どうすれば、この人はいつもどおり家に帰ってきたのだろう。

「それを気にしていたのか」

うつむいている私の頭を、優介は両手で包みこむようにして上向かせた。間近に彼の顔があった。

「気にしていたわ、ずっと」

こめかみのあたりに優介の手のひらが押し当てられている。長い指が、髪のなかをさぐるようにゆっくり動きだす。私は目を閉じた。心地よさに、ため息を漏らした。ため息と一緒に涙がこぼれたのに気づいて、思わず頬笑んだ。かたくこわばっていたものがほぐれてゆく。大きな手が私の頭蓋を撫で、量り、包み、また量り直し、撫でる。それはだんだんと力を増し、きつく締めつけてきた。

「痛い……やめて」

今や彼の全身の力がその手に流れこみ、頭骨を圧迫してくる。男のわりに肌理《きめ》のこまかい皮膚に汗がしみ出ているのが間近に見える。額の生え際も、汗のせいできらきら光っている。どちらかといえば肉の厚い鼻梁に、小さな新しいひっかき傷がある。でも「新しい」なんてそんなの変だ、海の底で蟹に食べられてしまったとこの人は言ってるのに。頬がふるえている。磁器のように澄んだ白目が、みるみるうちに細く赤い血の筋でおおわれて、複雑に入り組んだ無限の道路地図になる。ああ、この人はものすごく遠くからやってきたのだ……私が見たことのない幾筋の道、海のきらめき、山の連なり、雲の流れ。それらがひとつの名を呼びながら、うねり、渦となってゆく。渦の中心は針の先ほど細く、深く、黒より黒い。

悲鳴。フッと蠟燭を吹き消したように、あたりは闇に閉ざされた。

2

カーテンの合わせ目から、灰色のぼんやりした光が漏れている。おかしな夢を見たものだ。優介が失踪してから、夢ならずいぶん見てきたが。

起きようと身動きして、あ、と思った。ベッドの足もとに、優介が座っている。

「よく眠っていたね」

一瞬の無表情の後、彼は穏やかな笑みを浮かべて立ち上がる。

「さあいそいで。夜が明けきってしまう」

「……どうするの」

「したくするんだ」

「したくするって」

「出かける」

着替えて居間に行くと、食卓にパンとコップの水が用意されている。赤いランプは消え、カーテンが四十センチほど開いた朝の部屋は白々としている。昨夜と同じようにふたり向かい合い、固いパンを噛みしめ、水を飲んだ。ふと台所を見ると、しらたまをつくった鍋が水切りに伏せてあった。自分で洗ったおぼえはない。優介がしたのだろうが、以前はそんなことをする人ではなかった。

「出かけるって、どこへ行くの」

訊いても何も答えない。しばらくしてから、

「燃やさなくちゃいけないものがあるんだろう」

パンを噛んでいる私に、そうとだけ告げた。

燃やさなくてはいけないもの……考えていたら、ふと目が合った。犬のように濡れた心許なげな目に、え？と思う。

「あ！」

寝室に駆けこみ、クローゼットをかきまわす。三年のうちに、クローゼットの取り出しやすいところにあるのは私の服ばかりになっている。

「これ？」

息を切らして食卓に戻り、半紙百枚の束を差し出した。

優介が職場からの電話を最後に姿を消して、半年ほどした頃だったろうか。捜すにも万策尽き、気力も体力も尽きかけた頃、会ったことのない彼のはとこだという男性から封筒が届いた。なかにメモ書きのような簡単な自己紹介と、般若心経の手本が入っていた。写経せよ、ということらしい。どこそこの占い師が当たるとか、あそこのお寺は失せ物に効くとか、親戚や知り合いからずいぶん熱心にすすめられてはいたけれど、この会ったことのないはとこのそっけなさは、かえってありがたかった。毎日一枚とか二枚、写経してみた。百枚になったところでやめたが、あとをどうしたものかわからない。とりあえずハンドバッグの箱に入れて、そのままになっていたのだった。

「これなのね?」

優介は半紙の束を手に取り、曲がりくねったお経に目を据えている。

「ちがうの?」

すると彼は苦《にが》りきった表情で、百枚の半紙をテーブルに置いた。「そうだけど、これちょっとひどくないか」

「……?」

「この字」

「だって小学校の書道の時間以来、筆なんて持ったことなかったのよ」

私は椅子に座り、それをひさしぶりにながめた。書いた頃のことが思い出された。淡々と写してはうつらうつらと眠り、胸苦しい夢を見て目覚め、また写した。行けるものよ、彼岸に行けるものよ、彼岸にともに行けるものよ……

「これでも一生懸命書いたのよ。書いても、皆が言うみたいに楽にはならなかったけど楽になろうとのぞんでいなかったのだから、当然だったのかもしれない。

電気製品のコンセントをぜんぶ抜いて、冷蔵庫の中身はチョコレートなど持って行けるわずかなもの以外、すべてマンションのごみ置き場に出した。厚いカーテンはわざと開けたままにした。窓際の鉢植えは、枯れても外から見えないように部屋の内側に移動した。もうこのツタを見ることもないかもしれない、と思いながら、なるべく日の当たるところを選んで置き、鉢皿からあふれるほどたっぷり水をやった。

身の回り品と一緒に、お経の束の入った封筒を油紙でくるみ、ザックに入れた。これを燃やしに行くのだ、今から。

「どこへ？」

「遠くだよ」

「長くなるの？」

「なる」

「何泊くらい？」

「さあ」

やっぱり帰ってこないのだろうか……と考えかけて、帰ってこなくても困る人は誰もいないことに気づいた。この人がのぞむところへ、どこへでもついていけばいい。このままより、そのほうがずっといい。

「たりないものがあったら買えるようなところ、そういうところもあるよ」

「そういうところばかりではないけど、そういうところ？」

まだ訊きたいことはあるけれど、問うて当然の問いほど答えてくれない人なのはわかっている。

結婚してから、今年でまる九年になるのだ。その三分の一、優介は欠席していたわけだが。

「訊いていい？」

最寄り駅から中心街に出て、そこから西に向かう列車のホーム。先を行く彼の背中に話しかけた。

「お経ってそんなにすごいものなの？」

優介は目をむいて振り返った。「どうして」

「だって……とりに戻ってきたんでしょう？」

「あんなのを？　まさか」

けれど数歩行ってからきゅうに立ち止まり、

「もし帰りたくなったら、きみはそれを燃やしてしまえばいいんだ。いつでも、どこでも。わかった？」

と、そんなことを、テレビの録画の仕方でも教えるみたいに言う。

「燃やしたらどうなるの？」

「まあなんというか、俺は成仏できるかもしれない」

「それじゃ……」私はぼんやりと言葉を繋いだ。「それじゃ帰りたくなかったら、燃やさなければいいの？　いつまでも？」

そう口に出してしまうと、もうひとりで待っているのはいやだ、という思いが体の奥底からむくむく湧き上がってくる。優介はそういう私の顔を見て、ぐっと奥歯を噛みしめた。それからベンチの真ん中に自分だけ座って、しばらく貧乏ゆすりばかりしていた。

何度か列車を乗り継ぎして、知らない線の知らない車窓をながめていたら、ふと気づいた。

「どうして列車にしたの」

え？　という顔をして、優介がこちらを見る。

「車売ったの知ってた？」

「いや」

「去年、車検が来たとき。売りたくはなかったけど」

「売れたんなら御《おん》の字《じ》だろ」

隣の座席で、優介はわずかに肩をすくめた。「十万キロ軽く越えてたし。どうせもう運転できないんだよ、俺は」

「どうして」あんなに運転好きだったのに。

「免許もクレジットカードも保険証も、浜で燃やしてしまった」

どこの浜、とは言わない。私も訊かない。

「紛失したって警察に届けるのは？」

「警察には俺の捜索願を出してるんだろう」

「そんなの取り下げればいいじゃない。帰ってきたって言えばいいのよ、だってほんとに帰ってきたんだし。そうよ、そうしましょう」

彼の腕をとり、言いつのる。

「ねえ、そうしよう。家に帰って、免許証とか再発行してもらって……」

顔をそむけ、優介は目を閉じてしまった。寝たふりなのだろうが、揺すってもぴくりともしない。

飛行機もだめだった。もともと飛行機嫌いだから乗らないのかと思っていたら、

「飛行機落ちるときってね、必ず俺みたいなのが一定以上乗ってるときなんだよ」

冗談とも本気ともつかぬ顔で言う。

「一定以上って、どのくらいなの」

「三百人乗りの旅客機に一人なら、ぜんぜんふつう。二、三人だと、まあセーフ。四人になると、ちょっとまずい」

飛行機も車も使えないとなると、基本は電車とバス、どちらも通っていないところには歩いて行くしかない。

「私が免許を持っていればね」

「いや結構。二度まで死にたくないよ」

私は優介の背中を見つめて歩いている。彼の声は低いが、耳に直接話しかけられているみたいにちゃんと聞こえる。私たちは歩いた、国道の脇の灰色の歩道を、金色に実る稲穂の間のあぜ道を、海辺の町の坂道を、見慣れぬ恰好の屋根が点在する丘の町を、きらめく海が山と同じ高さに見える峠の道を。どこへ行くのかはわからない。どこに行っても、どこでどうなってもかまわない……と、そう思う気持ちにも、目の前の景色が移り変わるような流れがある。必死だったり、夢見るようだったり、他人事《ひとごと》みたいだったり、さばさばしていたり。流れのなかで、私はただ足を動かすしかない。

一夜かぎりで次の土地に移動することがほとんどだった。壁紙に煙草のにおいのしみこんだビジネスホテル。去年の皇室カレンダーのさがった商人宿。さえないシーサイドホテル。誰もいないキャンプ場。犬をいっぱい飼っていて、朝五時に一斉にはじまる犬の鳴き声で目が覚めてしまう民宿。どこも皆、水の音がよく聞こえた。海の音、川の音、船の行き交う運河の音、ずっと昔の人が拵《こしら》えて今では用なしになってしまった小さなダム湖の滝の音、どこかの厨房でジャージャー水を流す音……水がジャージャー流れるように、いろんな思いが胸のなかを流れていった。水がジャージャー流れるように、日々の生活で身につけていた習慣は流れ落ちていった。水の音を聞きながら、私は家にいるより深く長く眠った。

たとえば宿帳に名前を書いているとき、宿の人間はどこでも無言だ。でもときどき、わずかに見開いた目で、ボールペンを走らせる優介をじっと見つめることがある。そういうときは必ず、男も女も年寄りも若いのも、瞳の色がぐんと薄く光を帯びたようになっている。優介のことを知っているのかもしれないが、誰も何も言わない。それが彼らの流儀なのだろうと私は思った。

「もしかすると」

平たい町の、長い長い商店街にある小さな蕎麦屋。おかめうどんを食べていた私は、ふと箸を持つ手をとめた。

「私たち、優介がいなくなったときと同じ道を辿っているの？」

食べ終えたきつね蕎麦のどんぶりを押しやって、「いや、さかさま」と彼は言った。うららかな日の光が、拭き込まれたテーブルの隅に白い三角形を作っていた。優介は穏やかで、旅をたのしんでいるふうだった。

「どういうこと、さかさまって」

「こないだ俺が、家に帰っただろう？」

「……しらたまを食べに？」

「そう、その帰り道を遡っている」

「いなくなったときの道と、この間帰ってきたときの道、ずいぶん違うの？」

「たぶん」

「たぶんって」

「実は憶えてないんだ。姿を消してすぐ、どこをどう行ったのか」

「……そうなの」

「頭に血がのぼっていたんだろうね」

遡るしか、優介にはできないのかもしれない。もう半分シャケみたいな存在になってしまって、自由にどの川でも上っていけるわけではないのかもしれない。

「行くよ」

ふいに彼が立ち上がる。

「待ってよ」

私はまだ食べ終わっていないのに。

「金払っておいて。俺もう現金ないから」


徐々に、方向感覚はなくなった。あるときは海辺を、あるときは山里をとさまようちに、椰《や》子《し》の木が湿っぽい風に吹かれる火山の麓にいたかと思うと、忘れられたような雪国の宿にいる。時も場所もほどけてしまって、脈絡を失くしていった。優介は家に戻るまで三年かかったと言ったが、私はもう生まれてから三十八歳の今までずっと、水の音の聞こえる宿で眠りながら旅し続けているような気がした。

時間の経過を教えてくれるのは、優介の髭だ。旅に出てしばらくすると、彼は髭をあたらなくなった。何日にいっぺんくらいだろう、ものが食べづらいほど伸びてくると、剃るのではなく鋏で切った。よろず屋のような文具店で買ったステンレスの鋏でもって、私が切る。ついでに髪も整える。座ってじっと目を閉じている彼の唇のきわや、えりあしのあたりで静かに鋏を動かしながら、胸のなかでは「こんな学童用のハサミだって、使いようで人を殺せるかもしれない」などと考えてみたりする。一度死んだ夫を殺すことなんか、もうできはしないだろうに。それでもそんなことを考えるのは、旅から旅の暮らしのなかでひとときとまり木にとまって憩《いこ》い、眠り、見る夢のようなものだ。

「いてっ」

鋏の先と彼の耳たぶに、珊瑚《さんご》のかけらのような血のしずくがついている。

「ぼやっとするなよ」

「ごめん」

耳たぶを指でおさえ、止血した。指を口に含むと、海の味がした。目を閉じる。碧《あお》い海原が眼下に広がる。私は風に乗って飛行している。水面すれすれを滑空しながら、水の深さと冷たさを推し量る。光の届かぬ海底でゆらりと爪先立ちする背の高い蟹に、控えめな合図を送る。

ユウちゃん……ああユウちゃんだ、そうだ間違いないね？

緑に囲まれた静かな入り江に、大きな軍艦の停泊している港町。そこで、旅に出て以来はじめて人から声をかけられた。

「これは、よいところに帰ってきてくれました」

小さくて奇妙なおじさんが、こちらをめがけてつーっと近づいてきた。髪は真っ白なのに童顔で、年のわりにぱっちりしている丸い目が、ひょっとした視線の投げ方で異様に険《けわ》しくなる。口が少しとがっている。どことなく河童《かっぱ》に似ている。

自分の夫がひとりでいるとき関わった人間に、興味がないわけはない。でも私はこういうとき、妻が出しゃばったりしてはいけない、という建前のもとにひたすら逃げ腰になってしまう。

「先に入ってるから」

小声で告げ、目の前の銭湯を指さした。泊まっている宿の風呂は壊れていた。ほとんど住み着いてる人もいるような、下宿屋みたいな宿だ。

誰、と小さいおじさんがこちらに投げかけた視線は、案外に無防備だった。

「女房です」

優介が言うと、小さいおじさんはすごくかしこまって頭を下げた。

「ユウサクさんにはたいへんお世話になっております」

外向きの口の利き方になると、声がちょっと重々しくなる。

「こちらこそ……お世話になりまして」

優介は名前を偽っているのかしら、それともこのおじさんが憶え違えしているだけかしら。とそんなことを思っていると、ひらりと名刺が差し出された。パステルカラーの花や鳥のイラストの真ん中に、「島影新聞店　島影徳次」とある。

「小さな新聞屋ですが、ユウサクさんのおかげで、飛躍的に発展いたしました」

糸切り歯の抜けた口もとをすぼめるようにして、小さいおじさんは精一杯重々しく話す。そうしている間も、まるい目にはきらっきらっと剣呑《けんのん》さがひらめく。

「風呂行ってて。俺ちょっと島影さんと……」

「うん、それじゃ」

さびれた夜の商店街を、優介と小さいおじさんが歩いていくのを見送った。長身の優介まで、なんだか背の伸びすぎた小学生みたいに見える。

宿に戻って髪を乾かしていたら、旅に出てからひとりの時間がほとんどなかったことに気づいた。優介から目を離すのはたしかに不安だけれど、そういうこととは関係なく、ひとりだったこの三年間などなかったみたいにふたりで旅をしている。夢のなかにいるみたいだ、と思う。でもその夢は、夜の台所に優介が現れたあの日に始まったわけではないという気がした。

ドライヤーのスイッチを切った。宿の裏に運河が流れている。排水溝が近くにあって、そこから運河に水の落ちる音が聞こえる。

「静かね……」

声が、部屋の空気に小さな波紋を描く。そういえば、時々ひとりごとを言うようになった。

お盆の送り火の日に優介がいなくなり、取り散らかった日々がしばらく続いた。あれは十一月末の真冬のように冷え込んだ夜、十時を少しまわったところだった。マンションの下の道路を誰かが自転車で通った。ベルをリリリリンと鳴らしながら。

住まいは六階、かたく閉じられたガラス窓はカーテンの奥でひっそり結露していただろう。乾き冷え切った夜の静けさのなかで、そのベルの音はとてもよく響いた。金属の鋭い音なのにどこかまろやかで、たのしげだった。

音が、体のすみずみにまでしみわたるのを感じた。とっくに自転車が走り去ったあとになっても、私はソファに座って目を閉じ、まだ耳の奥に残っている響きをあじわっていた。ずっとずっと長い間、音のない世界に住んでいたみたいな気分だった。その日から、夜ごと同じ時刻に私はその自転車のベルを聞いた。鳴らしているのはどんな人だろう？　勤め人、あるいは塾帰りの少年か。その音を聞くときだけが、私の時間といってよかった。その音だけが、私を繋ぎ止めていた。その音は、優介の不在で充たされていた世界に運ばれてきたオリーブの葉だったのかもしれないが、私はまだ動くつもりはなかった。ただ耳を澄まして、夜の空気におそるおそる身をまかせた。

勢いよくふすまの開く音に、飛び起きた。いつの間にか眠っていたらしい。

「寝てたのか」

部屋に入ってくると、優介は枕元の腕時計を摑んで、

「なんだもうこんな時間か。今日は風呂は駄目だな」

ひとりごとのように言った。私が敷いておいたぺちゃんこの布団に寝そべって、「隣いないみたいだな」とつぶやく。昨夜は明け方まで、コンコンと苦しげな咳がふすまごしに聞こえていたのだ。

「ああこの宿のこの布団。このしみだらけの天井。なんか子供の頃のこと思い出しちゃうんだよな」

へえ、と思って、私も布団の上でまた長くなった。子供の頃のことを喋るなんて、彼にしてはめずらしいことだった。横たわると、白茶けたカーテンの隙間から、空の高いところに満月が見えた。

「こんな感じの部屋だったの」

「違うんだけど、なんとなく」

「なんとなく、思い出すの?」

「爺さんの部屋だったんだよ、新しく建て増したほうじゃなくて、古い棟に爺さんの部屋があって」

「お爺さんと暮らしてたなんて、きいたことなかった」

「暮らしてたっていうか……うんまあ、そうかな」

「父方の?」

「そう。親父が四人兄弟で、爺さんはその四人のとこ均等にね、三ヶ月ずつぐるぐる回ってたんだ」

「一年に四回引っ越すってこと？」

「引っ越すってほどじゃないけど、渡り歩くんだよ。渡り鳥みたいに」

「大変ね、お爺さん」

「さあ、どっちが大変だったのかね」

「遊んでもらった？」

「遊んでなんか……とにかくすごい酒飲みだったからなあ、昼頃起きるとすぐ飲みだす。畳なんか酒こぼしてそのまんまだから、ぶかぶかになっちゃって、臭くって。爺さんのいる三ヶ月の間、おふくろは目つりあがりっぱなし」

「そう……」

「でも俺、爺さんのいるときはいつもその部屋で一緒に寝てたんだ。小学校に入った頃から、親が離婚するまでだから中一まで」

「どうして」

「最初は親に言われて、だったんだよ。煙草で火事なんかだされちゃ大変だから、子供の俺を監視役にって考えたんだろう」

「……いやじゃなかった?」

「それがね」

優介は言葉を切り、蛍光灯のまぶしさを避けるように手の甲を額に当てた。

「そうでもなかった。というか、爺さんがいない間もよくその部屋で寝てた」

「自分の部屋、あったんでしょう?」

「あったよ、兄貴と一緒の。兄貴が一緒なのは、べつにいやってわけじゃなかったけど」

「お兄さんもお爺さんの部屋で寝ることあったの」

「いや。俺だけ」

「なぜ」

「兄貴は受験だとかそういうんだろ」

「……お爺さんと話したりした?」

「酔っぱらいと男のガキが話なんかしないよ。そういえばときどき双六《すごろく》したな」

「双六?」

「なんか遊べるものはないかって言うから。すごい真剣になるんだよ。変な手つきでサイコロ転がすし、インチキはするし、負けると怒るし」

「……なんでその部屋がよかったんだろう」

「酒のにおいが好きだったのかも」

「うそ」

「まあ、臭いって思ってたもんな」

「変ね」

「変だよ、ガキって変なもんだよ……立派な君子蘭の鉢持っててさ」

「え？」

「爺さんがね。君子蘭の世話だけはしてたんだ。けっこうでかい鉢なのに、身の回りのものちょっと入れたボストンバッグと、その鉢抱えて、息子の家を渡り歩くわけ」

「大事にしてたのね」

「話しかけてたもんな」

「君子蘭に？　何を？」

「ぶつぶつぶつぶつ、よくわかんないんだよそれが」

寝ころんだまま、ふたりでしばらく笑っていた。そんなにおかしいわけでもないのに、あぶくのように笑いが溢れてくる。やがて優介は「ああ」と、声ともため息ともつかぬものとともに笑いをすっかり吐き出してしまうと、

「あの島影さんね」

ぽつりと言った。「なんか爺さんに似てるんだよ」

「そう」

「島影さんは酒、ほとんど飲まないけど」

私は腹這いになって肘をつき、両手の指先で瞼を押した。押しながら、「あの人のところで働いたの？」と訊いた。

「そんなに長くじゃないけど。たすかったよ、金がぜんぜんなかったから」

「新聞配達してたの？」

「したよ」

「信じられない」

優介はフンと短く笑った。

「配達員募集の張り紙見て入ってってたんだけど、結局三日間だけ。あとは顧客管理と経理のためのデータベース作って、無線ラン設定して、ようするにパソコン関係」

ああ、と私は納得した。

「じゃお得意ね。あの人が『飛躍的な発展』なんて言うから、いったい何をしたのかと思った」

「虫歯の応急処置もしたけど、やっぱりちゃんと歯科には行ってないみたいだった。器具も薬もないんじゃ、あんまりできることはないんだよな」

「ねえ」

「うん？」こちらを向く犬のような目。ときどきなんの前触れもなく、こんなふうに、洗い流されたみたいな表情を優介は見せる。「なに」

「あの人……知ってるの？」

「歯医者だって？」

「そうじゃなくて」

ああ、と彼は言って、また天井に目を戻した。

「とくに話してないよ、それは。でも島影さんは、俺と同じなんだ」

「……」

「そうなんだよ」

「どうして」

「どうしてって、わかるんだ、お互いに。たいていは」

「じゃあ、むこうもあなたのことわかってるってこと？」

「うん、いや、まあ」

「わかっているの？」

「……そもそも自分が死んだってのがわかってないから、あの人は」

「どういうこと」

「責任感強いんだよ、おそろしく。自分に何かあったら、新聞配る人間がいなくなるって思いこんでる。新聞配達って毎日だろ」

「だからって……」

私は納得しがたかった。「いくら責任感が強いからって、それで自分が死んだのもわからなくなっちゃうの」

そういう人がいるんだよ、と答えた優介の口調は暗かった。

「……会いたい人でもいるんじゃないかしら」

「会いたいかどうかは知らないけど、遠いところに奥さんと娘さんがいるそうだ。二十年以上会っていないって」

優介はいきなりがばと半身を起こした。足もとにたたんであった掛け布団を素早くひろげ、ぱたんと横になってくるまる。私は立ち上がり、天井の電気をナツメ球だけにして、布団の上に座った。眠る前に少し落ち着きたかった。ぼんやりしていると、

「……島影さんと会って、しばらく店の上に寝かせてもらってたんだよ。ある夜、強烈な夢を見た」

部屋の隅の暗がりに、つぶやきが泡のように溶けていく。優介は私に背を向けている。

「それで、あの人がどうやって死んだか、わかったんだ」

シーツについた片手から、湿った冷気が這いあがってくる。

「こわい夢だった」

ふと、寝心地が悪いとでもいうように、優介は夜具の中でもどかしそうに身動きした。仰向けになって天井を見つめる。その目が薄暗がりのなかで、小さな水たまりのように輝いている。

「誰もあの人が死んだってことを知らない……いや、ひとりだけいるはずだが……まともなやつではないからな」

「大丈夫なの」

優介はこちらを向いて、「何が」と訊いてきた。

「何がって……優介もだけど、島影さんよ」

彼はまた天井に目を戻し、黙っている。

「たとえばその奥さんとお嬢さんを見つけて、何か知らせるとかしたほうが……」

寝よう、と優介は言った。本格的に寝つく前の癖で、布団を体に巻きつけるようにして横向きになってしまう。私も横になり、布団にくるまる。

「あのね」

返事はなかった。

「優介が帰ってきたのは、どうして」

「……」

「やっぱりお経のため？」

眠ってしまったのだろうか。しばらく待ってから「おやすみ」と声をかけ、鼻先まで布団にもぐった。

でもなかなか眠れない。ふと、昔はふたりでこんなふうに喋りながら寝つく夜が、毎晩のようにあったのだ、と思う。遠い、まるで前世の出来事みたいだ。前世か。自分でも知らぬ間に、私はもう優介と同じ側の人間になっているのかもしれない。たとえばあの夜、優介が帰ってきたあの夜に。台所のつめたい床に横たわる自分の死骸を思い浮かべ、目を閉じる。

運河に排水溝の水が流れ落ちる音がする。いつの間にか、私は眠りの川を流れていた。ゆったりとした呼吸をいくつかする。胸の奥まで吸いこんだ息を、長く長く時間をかけて吐く。やがて体から余分な息がすっかり吐き出されてしまうと、水は一気に私を抱きすくめ、深みへと沈めた。

その町にしばらく留まった。島影さんのパソコンの調子が悪くなっていて、優介が直すのを引き受けたからだ。ソフトやケーブル類を通販で取り寄せるのに時間がかかったのだが、それを待ちながら、私も彼と一緒に島影さんのところに通った。そして新聞に広告を挟んだりするのを手伝った。

「いやかたじけない、地獄で仏とはこのことですな」

毎日顔を合わせるたび律儀にそう言う島影さんと、最初は目を合わせるのがちょっとこわかった。でも島影さんはそんなことに気づくほど暇でなかったし、そのうち私も慣れてしまった。

「奥さんの手は、しらうおのようですなあ」

かたくこわばって赤らんだ自分の手を、島影さんは恥ずかしそうに撫でる。

「これが同じ人間の手とは、とても思えませんな」

そんなことを言うときも、目は時折きらっきらっと剣呑な光を発する。きらっきらっと目を光らせながら、島影さんは新聞のチラシにきれいな花の写真があると素早く見つけ、配達のあとで切り取るためによけておく。私の見る限り、それが島影さんの唯一の趣味らしかった。

「ほら島影さん、ここにこんな写真」

たまに私が見つけて教えると、「お、これは」とか「ん、まあ」とか言って、ともかく一枚抜いておく。どうやらいくらきれいでも、さびしい感じがちょっとでもするのはだめで、色とりどりの花の絨毯に覆われた丘の風景だとか、かわいらしい草花をマクロ撮影したものなどが好みらしい。スクラップブックにでも貼るのか、切り取ったものはすぐ二階の自分の部屋へ持って上がる。

普段は朝刊も夕刊も、島影さんが小さなバイクにまたがってひとりで配達している。広告を挟んだり、集金してまわったり、引っ越してきた家があれば勧誘に行ったりもする。小さな町とはいえ、ずいぶん重労働なはずだ。

「年をとりますとな、三時間も寝れば充分なんですわ」

島影さんはそう言うが、小学生みたいなその小さな体から、ふとした加減で強烈な、疲労のにおいとしかいいようのないにおいのすることがある。えもいわれぬそのにおいを嗅いでいると、優介は勘違いしてるのではないだろうか、という気がしてくる。

「どうしてだよ?」

案の定、彼は目を三角にした。ちょっとでも自分の意見に異を唱えられると、すぐそうなのだ。

「だって、島影さんのあのにおい、すごく生きてるって感じがする」

「におうのか」

「わからない?」

すると優介はきゅうに心配そうになって、自分のセーターの袖に鼻をあてた。

「俺は?」

私は首を振った。

「前は？」

「前って……今も前も優介はにおわないけど」

「じゃ、つまり、島影さんがもともとそういうにおいだってことじゃないの。死んでもその点については変わらないんだろう」

「そういうことなのかしら……」

こちらが折れると、彼はにやりとした。

「死臭だったりして」

とたんに、眉間のあたりを撃ち抜かれたみたいな気分になる。言った本人はそんなことには気づきもせず、私に背を向けて新聞を束ねる作業にとりかかった。

「おい何をぼんやり……」

振り向いた優介に、

「バカ！」

自分で自分の声にびっくりした。

「なんだよ」

「どうして……そういうこと言えるわけ？」

ふて腐れたような顔をして、優介は横を向く。「でかい声出すなよ。島影さんにきこえるだろ」

私は新聞の束を抱えると、「ちょっとは考えてよ」と精一杯抑えて言った。

「なんだよ、冗談言っただけだろ」

でも優介はちらっとこちらを見て、「わかった。俺が不謹慎でした」と言うと、私の持っている新聞を横取りするように抱えて行ってしまった。いったい何を考えているのだろう？

島影さんは、食事はほんの少ししか食べない。そのかわり甘いものを大量に摂る。

「なぜか、人がいつかんのですなあ」

ため息混じりに語りはじめたのも、私が淹れたその日四杯目か五杯目のココアを飲みながらだった。

「以前は、冬になれば農家さんだとか、まあなんとか人手があったんですな」

抜けた糸切り歯のところからすーっと息を吸い込んでは、ため息をついて話す。また吸い込んで、ため息をつき、話す。

「それが、あるときからぱったり。来てもすぐやめてしまう」

私は返答に窮した。それはもしかして、皆が島影さんに何か感じるから？

優介はさっきから、メロンパンのビニール袋がなかなか開けられなくて苦心している。その程度の、四、五歳児でもできるようなことが突然だめだったりするのだ。ビニールのひっぱる場所がよくないのだがなあ、と思って見ていたら、

「ほら、国道のとこの大型電器店。あれができてからファミレスとか、背広の安売り屋もできたんでしょう。けっこう求人があるんじゃないですか」

パンの袋と格闘しながら、優介にしてはずいぶん親切な、説得力のありそうなことを言った。国道沿いの店はどこもガラガラで、背広の店など閉店セールをしていたけれど……とはもちろん口に出さないで、私は手を伸ばすとビニール袋を開けてやった。優介はパンに食いつき、島影さんは「なるほど、あそこがそんなだとは」と唸った。

「いや理由がわからんので悩んでおったのですよ」

島影さんはいつにもまして、目をきらっきらっとさせている。

その日の夜、布団に入ってから、

「私も新聞配達したいんだけど」

と優介に言ってみた。

どうして、と訊いてきたほうを見ると、もう目をつぶっている。

「どうしてって、島影さんが少しでも楽になればいいじゃない」

返事がない。

「配達できるわよ、私だって。自転車も乗れるし」

優介はあいかわらず目を閉じているが、眠っていないのはわかる。私はため息をつき、「おやすみ」と言って布団をかぶった。

翌朝、いつものように暗いうちに目をさまして着替えていると、

「明日はこの町を出るか」

おはようもなしに、優介がぽつりと言った。

「明日？」

「パソコンも直ったし」

「どうしていきなり？　行かなくちゃだめなの？」

優介は黙って靴下をはいている。彼の足は女のようにほっそりしていて、親指より第二指のほうがずいぶん長い。甲に、きれいに扇状に拡がった五本の細い骨がうっすら浮かんでいる。百人の男の素足がずらりと並んでいたって、優介の足ならすぐ見分けられる。なのに、その顕著な肉体的特徴を目の前にして、私はふとわけがわからなくなってしまう。どうして今自分たちがここにいるのか、どうして明日はここにいてはいけないのか……

「ねえ行きたくない」

優介は黙ったまま左の靴下をはいてしまうと、右足にとりかかった。以前と同じ、靴も靴下も左からはく。

「私たちが行ってしまったら、島影さんはどうなるの」

「大丈夫だよ」

「大丈夫だなんて、どうしてわかるの？」

「……」

「ねえ、どうしてわかるの？」

「俺にはわかるんだ。それで充分だろう」

優介は立ち上がった。

宿を出て、島影さんのところに行って朝刊の準備をした。ふたりが配達に行っている間に、食事のしたくをしながら思った。ほんの少しここにいただけなのに、すっかり気持ちが居着いてしまった……優介だって、きゅうに発つと言いだしたのは、私と同じだからかもしれない。

朝食後、島影さんは一人で出かけていった。

「床屋さんにでも行ったのかしら。めずらしいわね」

「そうだ、髭を切ってくれよ」

優介の髭を切りそろえ、ついでに髪も切っていると、もみあげのところに一本白髪を見つけた。

「白髪なんて、今まで見なかった」

「髪や髭が伸びるんだから、白髪が出てもおかしくないだろう」

それはそうかもしれないけれど。

「島影さんだって、前に俺が世話になったときは、あんなすごい白髪じゃなかったんだぜ」

「え、ほんとう」

「だんだん人間離れしていっちゃうんだよなあ」

彼の口調はぼんやりしている。

「俺は、人は死んだら無条件に、あたりまえに、きれいになれるものだとばかり思っていたような気がする」

どこに行ったのだろうと不審に思いはじめた頃、島影さんは帰ってきた。片手によく太った大根、もう片方の手にはずっしり重そうなビニール袋を提げている。市場の知り合いからわけてもらったという大きな赤い魚が、ビニールの底で窮屈そうに太い胴を湾曲させていた。

「今日はご馳走しますからな」

台所の奥の暗がりから年季の入った土鍋を出してきて、島影さんはうれしそうにその大きさを示した。

「もっと早くすればいいものを、ふだん甘い物しかよう食べれんようになってしまって。年のせいですかなあ」

島影さんが自分の部屋に引っ込んだ隙に訊くと、

「まだ何も言ってないよ」

優介は首を振った。

「そうなの？　てっきり、明日は発つってあなたが言ったんだと思った」

「いいや」

「じゃ、どうしてご馳走なんて？　パソコンが直ったから？」

「べつに関係ないと思うよ」

「……私たちが今日までだって、どうしてわかったんだろう」

「あの人はわかってないよ。でもわかってるんだろうけど」

「なあに、それ」

「ちょうどいい潮時だってことだよ」

優介はそう言うけれど、やはり私はすっきりしない。このまま十年後も二十年後も、いや百年経っても、島影さんは新聞を配り続けるのだろうか……

夕刊の配達を終えると、宴会のしたくがはじまった。

島影さんは大きくて赤い魚のウロコを取り、ワタを抜くと、カセットコンロの上の土鍋に入れた。土鍋には水が入っているだけで、出汁《だし》も調味料も用いない。お湯で煮る、というか茹《ゆ》でる。

その間、私は米を研《と》ぎ、お酒の燗をして、優介はおろし金を握りっぱなしで山のような大根おろしをこしらえた。

やがて魚の身がほろほろになれば、たっぷりの大根おろしと醤油をつけて食べる。魚は脂《あぶら》がのっていて、大根おろしとよく合った。私たちはお酒を少しずつ飲みながら、大きな土鍋の大きな魚を、じか箸でつついた。

「正月にわしがこれをすると、妻が喜びましたなあ」

普段飲まないお酒に酔ったのか、島影さんは目をこすりながら言った。

「会いに行かれたらいかがですか」

私も酔いの勢いを借りて、気にかかっていたことを口にした。ちらっと優介を見ると、魚の大きな目玉を箸の先にのせて、落とさないようそろそろと口もとに運ぼうとしている。

「お恥ずかしいことでありますが、わしは癇癪持ちなんですな。それで愛想を尽かされてしまったんですな。それもこれも癇癪が抑えられないばっかりに……恨んでる人間だっていっぱいいるでしょうよ」

ふと、島影さんの目の色が暗くなった。

「でも今はそんな感じじゃないですよ、ちっとも」

「まあ年ですからな」

島影さんは歯の抜けたところを隠しながら、ヒヒ、と笑った。

「ひどかったんですよ、以前は。そりゃもう、カーッとくるとわけのわからんようになって、この、この……」

目の前の土鍋を、島影さんは腕をぶるぶるふるわせて指さす。

「この鍋をひっくり返したこともありましたな！」

いやたいしたもんですなあ。島影さんは詠嘆する。

「あんなにしても、この鍋は割れんかったのです」

優介は目をしっかり閉じて、口のなかの魚の目玉に集中しているようだ。やがて小さな芯のようなものを皿の上にコトリと落とすと、今度は魚の骨にとりかかった。丹念にしゃぶっては目で確かめ、また食いついていく。

魚の目玉なんか前は食べなかったのに、と私は思う。この頃の彼ときたら、甘い物好きの島影さんと一緒になって最中《もなか》をいっぺんに一箱たいらげてしまったり、ラーメンの汁を私が残すと、餃子用に置いてある酢をどぼどぼ注ぎ足して、おいしそうに飲み干したりする。前だったら眉をひそめたにちがいない食べ物を、平気でぱくつく。大量に。なのにちっとも太らないのだ。髪や髭が伸びるなら、脂肪だってついてもよさそうなのに。

その優介もさすがに島影さんがこう言いだすと、箸を持つ手がとまった。

「どうもこのごろ妙な感じがする。むやみやたらと思うんですな。ここから離れたい、そう思うんですな」

島影さんは膝を軽く揺らし、目を伏せている。

「どこだかわからんが、行かなくてはならんところがあるような……そんなところがあるわけはない。それはわかっとるんですが」

「行きたいところが、あるのかもしれませんね」

私の言葉に、さあ、と島影さんは首をひねった。

「結婚したとき島の温泉に一泊したきりで、旅なんぞしたこともなければ、したいと思ったこともなかったですな。新聞休刊日以外には、親戚の結婚式だって配達は休まなかったし、それで不足もなかった。おかげでこの仕事を続けてこれた。雨の日も雪の日も、おふくろの死んだ日だって……あの土砂崩れの日だけですよ、朝刊が遅れたのは。今までずっと……」

ふいに、島影さんは親指と人差し指で鼻のねもとをつまんだ。

「自分なりにこの仕事に誇りを持ってやってきたつもりです。だがどうして今頃になって、こんな気になるのか。自分でもようわからんのです」

何気なく話しはじめたようで、実はずっと言いたかったのかもしれない。

「行くのがいいんですよ」

優介の声は乾いていて、どこか心ここにあらず、という感じがした。

「今までがんばってきたんじゃないですか。なんにも、誰にも遠慮することなんかない。行きたいところに行って、やりたいようにやって、身も心も安らかになればいいんですよ」

島影さんはうつむいたまま、ありがとう、と小さな声で言った。

「今度、隣町の販売店さんが大きくなりましてな。こちらのぶんも引き受けてもらえそうなんです」

「それはいい巡り合わせじゃないですか」

優介がにこっとして言い、そばで私もコクコクうなずいた。島影さんが毎日のきつい仕事から解放されると思うと、ほっとする。

「ここを離れたくない気持ちも、実のところ強くあるんですな……だが、ここいらが潮時ってことでしょう」

それからしばらく、島影さんは土鍋のひょうたんの模様をぼんやりながめていたが、

「ちょうど、前にユウサクさんがいらした頃からですよ、ここを離れることを考えだしたのは。それでまたユウサクさんがやってきて、こうして気持ちが決まるんですからなあ」

ほんとうにこれが巡り合わせというものですなあ。島影さんは張りつめていたものがほどけたように目をつぶった。眠っているのかな、と思ったら、きゅうに目をきらっと開けて、さあ奥さんもっとお食べなさい、そう言ってまた目をつぶる。しばらくして、「おじやにしましょうか」と声をかけてみると、素早く目を見開いた。

「それはいい。ひさしく食べていませんなあ」

お鍋の魚のスープを濾《こ》して、刻んだ大根をたっぷり入れておじやをこしらえた。椀によそって差し出すと、島影さんは座布団の上であぐらをかいたまま、じっと固くなって眠っている。

足のほうを私が抱え、優介とふたりして島影さんを二階に運んだ。小学四年生くらいの身長しかない島影さんなのに、骨が鉛でできているみたいに重い。でもこれから、だんだん軽くなっていくのかもしれない。行きたいところに行って、やりたいようにやって、安らかになるのかもしれない。

島影さんの寝室のふすまを、優介が足先を使って器用に開ける。とたんに、目の前に花畑が広がった。部屋中が花に覆われている。見ると、新聞広告やカレンダーから切り抜いた花の写真が、壁にもふすまにも、たんすや電灯の笠にまで、ぎっしり貼ってあるのだった。古びて印刷の色の薄くなったのや、厚みがでるほど重ね貼りしたところもある。ああまた増えたな、どんどん増えるばっかりだ、と優介がつぶやく。私はふと、島影さんはこの部屋で死んだのだろうと直感した。枕もとに新聞社のキャラクターのぬいぐるみが、七人のこびとみたいにずらりと並んでいる。

花畑のなかの敷きっぱなしの布団に、島影さんを寝かせた。身動きすることもなく、島影さんは深く深く眠っている。

台所に戻って、ふたりで片づけをした。

「ちゃんとお別れの挨拶もできなかったわね」

土鍋を吊り戸棚にしまっていた優介は、踏み台の上で「まあ、明日は手伝っていくしかないだろう」と言った。床におりてこちらを向く。「え、なに？」

「ううん。なんでもない」

たった一日出発が延びたのが、こんなにもうれしいものなのか。島影さんのためというわけじゃない。ただ一カ所に留まっていたい、そういう古い本能みたいなものが案外しぶとく根を張っていて、ときどきうずく。それだけのことだ。

夜半近く宿に戻り、部屋の隅に折りたたんであった布団をひろげて横になった。朝刊の準備まで、まだ少し眠れる。

「あんなこと、優介が言うと思ってなかった」

背中にそう話しかける。眠ったのかな、と思っていると、

「あんなことって」

はっきりした声がした。

「ほら、人がいつかないって島影さんが言ったとき。大きな電器屋さんができたせいじゃないかって」

「それがどうかしたの」

彼は毛布をぎゅっとひきあげ、首のまわりに寄せながら、「そうじゃないかって思っただけだよ」と言った。「早く寝ろよ」

「うん。おやすみ」

「おやすみ」

裏の川に、あいかわらず排水溝から水が落ちている。あの水の落ちる下には、いつも大きな黒い魚がいて、ぐるぐる踊るように輪を描いて泳いでいる。ふと、赤い魚が見えたような気がしたけれど、そのときはもう、私はぐるぐる回る魚たちと一緒になって、眠りの渦に巻きこまれ、泳ぎ、漂い、遊んでいた。

3

私は子供の頃暮らした家にいた。最初は平屋の小さな家だったのを、行き当たりばったりな建て増しを繰り返して二階家にしたという家で、たぶんそのせいだろう、廊下や階段の幅がとても狭かった。とくに階段は狭くて、人ひとり通るのがやっとだった。

その狭い階段で、優介とすれ違った。階段を上っていた私の左手は、安物の化粧板張りの壁を撫でていた。右手は金属の手すりを摑んでいた。左右で違う手の感触がまずあり、それから細かな錆の浮いた手すりのにぶい光沢が視野に入り、天井から吊り下がった乳白色の電灯の笠を見上げたとき、私の左側を彼がすっと通り抜けたのだった。二、三段さらに上がったところで私は立ち止まった。振り向くと、優介は階段の真ん中あたりでこちらを見上げている。静かな顔だった。黒く澄んだ瞳に、二階の明かり取りの窓が白く、四角く映りこんでいた。長い口づけをした後のように、唇が赤みを帯びている。

きゅうに、私は不審に思う。間違いなくすれ違ったはずなのに、そのとき私は彼に触れただろうか、と。あるいは、もしかしたら、優介は私の中を通過したのだろうか。それならふたつの体が混ざりあったという感覚が、強い感覚が残っていそうなものなのに、なぜ何も思い出せないのだろう——

そこで目が覚めた。

見られている、という気がした。布団から目だけ出して仄暗い座敷を見回すと、床の間にかかった魚拓の、大きな魚と目が合った。その下の大黒様は、障子越しの月明かりに顔を照らして笑っている。八畳ぶんの薄暗がりは、どーんどどーんという低い波音で充満している。隣の布団が抜け殻だ。どこへ、と考えるより先に動悸がする。

寝間着の上に、昼間バスに乗る前に駅前で買った化繊綿のジャケットを羽織って外に出た。宿の玄関にぽつりと点いている蛍光灯が、白々と光っている。

満月だ。黒い瓦屋根がこうこうと月明かりに照らされて、うろこのようだ。甍《いらか》がなみなみと続くこの古い港町に、暮れ方バスで着き、着くとすぐ、看板に描かれたかすれた福助さんに招かれるように宿に入ってしまったから、海にはまだ行っていない。

集落の細く暗い小路を、海に向かって下りていく。ふいに家が途切れて波止場の駐車場に出ると、息をつめて歩いていたことに気づいた。広々した駐車場は月光に照らされて、粗いコンクリートの細かな凹凸が隅々までくっきり見えるほどだ。優介が、堤防にしゃがみこんで海を見ている。波止場で眠る船も優介も、夜より暗い影を引きずっている。

近づいてゆく。しんと静かな横顔だ。一人で夜中に出かけたりして、私がどういう気持ちになると思っているのだろう……

でもそのとき、

「日が覚めた？」

こちらを向いた優介は、来るのがちゃんとわかっていたみたいな顔をしていた。階段を上り、隣に腰をおろす。

「……眠れないの？」

「波の音がうるさくてね」

うるさくてね、と言いながら、それでも飽きることがないという様子で海をながめている。波は表面を油の膜で覆われてでもいるように、重たげに伸び上がる。伸び上がっては白く砕け、また伸び上がる。

「煙草すっかりやめたのね」

なんとなく話していたかった。「昨日だったかな、やっと気づいたの」

「俺も忘れてた。そういや吸ってたな」

え、と思った。自分のことなのに。病気して、禁煙して、それでもときどきがまんできなくて吸ったりしていたのに。

「吸いたくならない？」

「ああいうものはね、もう必要ないんだ」

体に悪いし。そう言って、彼はちょっと笑った。

「今、何してたと思う」

「……」

「こうやって海見ながら」

「何かしてたの」

「そうだよ、交信してたんだ」

「交信？」

「海の底の蟹と。俺のこと喰った蟹と。満月だから」

「……」

「うそだと思ってる。まあ当然だよな」

「ふざけてるの？」

「ふざけてなんかないよ。呼ばれるんだよ、満月の晩に」

「海の底から?」

「そう」

私はしばらく暗い水平線に目をこらしていた。そうして波の粗いリズムの隙間から、蟹が呼んでいる声が聞こえないかと耳を澄ました。電線が風に揺れているみたいな音がする。ひょーん……ひょーん……ひょぉーん……

でもそれは、私が聞きたい聞きたいと思っているせいだ。何も聞こえやしない。

「そんなもの、聞かなくていいわ」

「義務なんだよ」

「義務?」

「そう。連絡は取り合うって約束になってる」

「何にも聞こえないわ。波の音しか」

「それは、きみは俺とちがうもの」

私は立ち上がった。

「聞かなくていい」

そう言って、優介の手をひいて歩きだした。うそかほんとか知らないけれど、こんな夜中に蟹なんかに呼び出されてのこのこ出て行く義務なんか、自分の夫に担《にな》ってほしくなかった。大事にしてきたのに、精一杯いとおしんできたのに、あなたはむざむざ蟹の餌になってしまったというのか。

おとなしくついてくる優介を、私はぐいぐいひっぱった。宿に戻ると、子供にでもするように服を脱がせ、下着だけにして布団に寝かせた。それから自分も服をザッと脱いで、一緒の布団に入った。

「なんだよ」

優介ははじめて身構えた。二人でずっと旅しているのに、一緒の部屋に泊まっているのに、つまりようするに同衾《どうきん》することはなかったのだ。私にすれば、ひとり置き去りにされたうえに知りたくなかったことを知ってしまったり、いろいろなことがあった。それがひっかかっていないといったら嘘になる。体がひとりでいることに慣れてしまって、億劫《おっくう》だったというのもある。最近までずっと飲んでいた、あの眠くなる薬のせいかもしれない。ほんとうのところはわからないけれど、誘われないのをいいことに誘うこともしなかったのだ。

「やめろよ」

優介の拒絶にはどことなく怯《おび》えに近いものがあって、私ははっとする。穴のあいた風船みたいに気持ちがしぼんでいくのが、おかしいくらいわかる。ほんとうは、こうなるのがこわかっただけなのかもしれない。

「いいのよ、ただこうしていたいだけ」

ため息をつき、背中をなるべくやさしくさする。優介はまだ体をかたくしている。

「大丈夫。ほんとうに、ただこうしていたいだけなんだから」

もちろんそれはほんとうだ。ほんとうなのに、やっぱりがっかりしている。でもがっかりの奥に、ちょっとだけほっとしている私がいる。こわがっているのはお互いさまだ。

考えてみれば、前はこんなふうに、どちらかがどちらかを拒むなんてことにはけっしてならなかった。こんなに不器用に、剝きだしに、態度に出すことがそもそもなかったのだから当然だと思う。態度に出す前の段階で、私たちはいつも響き合っていた。たとえば優介の気分が落ちこむ前には、必ず私がおかしな夢を見た。一年に一度か二度、私が大風邪をひく直前には、なぜか優介が引き出しに指を挟むとか、階段を踏み外すとか、大事に至ったことはないけれども怪我をする。優介がいなくなる前の一ヶ月間、私がしつこい頭痛に悩まされていたのも、優介と私の間にあったある種の「通じやすさ」が関わっていたのかもしれない。だがその通じやすさにひそんでいた恐れに気づいたのは、優介がいなくなってからだった。

「何考えてんの」

ふいに声をかけられる。私は優介の背を撫でる手をとめる。

「うん……べつに」

「ごめん」

「謝らないでよ」

私は母親みたいに余裕たっぷりなふうを装って、ふたたび優介の背中を撫でる。撫でながら、

「あのね」と言う。

「そういうことはしちゃいけないって、蟹に言われてるの?」

「いや」

「でも、いけないの?」

優介は黙っている。

波の音が、まとわりついてくる。浅い眠りに落ち、また階段の夢を見た。階段には、今度は優介ではなく、二十年前、私が高校生のときに亡くなった父がいた。父は悲しそうな顔で私を見ていた。私の成績がよくなかったり、帰宅が遅かったときみたいに。やさしい穏やかな人で、どんなときも声を荒らげたりせず、ただそうやって悲しげな顔をする。それがときどきうっとうしかったりもしたけれど、もちろん父だってしじゅうそんな顔をしていたわけではない。でも、父の悲しそうな顔に問いかけられて、答えをごまかすことなんて誰にもできなかった。

私は何か間違いをおかしているのだろうか……

夢のなかで考え、夢のなかで「違う」と激しく否定する。だってこの人は私の夫なのよ、おと

うさん。ついていきたいの、ずっと、どこまでもついていきたいの。妻なら夫のゆくところについていってあたりまえでしょう、おとうさん、おとうさん答えて。そんな悲しい顔はしないでおとうさん。

港町の駅に戻ると、次の列車まで時間があった。風が吹きはじめていた。気圧が急激に変化しているのだろう、頭痛がする。昨夜のことがあったせいか、少しひとりで歩きたかった。駅に優介を残して薬屋をさがしに出たのだが、平日の昼間だというのに商店はどこも閉まっている。錆の浮いたシャッターや、暗いウィンドーのマネキン人形を横目に五分も歩いたら、商店街はもう尽きてしまった。仕方がない、この風がやめば頭痛もしぜんと治るだろう……駅に引き返そうと大通りに出て、ふと警察署の前で足が止まった。

指名手配や防火訓練のポスターの間に、優介の顔があった。公開捜査を依頼したとき作ったチラシだ。「この人を捜しています」という赤い文字の下に、カラー写真が二枚。掲示板はガラスに覆われているものの、日に晒《さら》されて、文字も写真もすっかり色あせている。貼られてから二年以上経過しているのだから当然だ。とうに公開捜査期間の三ヶ月を過ぎて、まだそのままになっているということは、この町がかなり平和だという証拠だろう。吸い寄せられたように、私はその前に立った。

写真は顔写真と全身の二点で、全身のは海で私が撮った、ランニングに膝丈のショートパンツ姿のものだ。男にしては植物的な、長い腕と脚。ひきしまった、というよりはやや華奢すぎる足首。細くて先の角張った、器用そうな手指。広い額、長い首。そういった特徴が、写真が色あせてしまったのに、かえって際だって見えるのが不思議だった。顔写真もそうだ。こちらをじっと見る目もとの、上瞼の線の強さ。何か話しだす直前のような、口角がわずかに上がった唇。十代の頃に自転車で転んだときの顎の傷跡……

公開捜査の手続きに警察に行くと、奥の部屋に連れていかれた。

「ようく考えるんだよ」

その少年課の刑事サトシマさんとは、最初に捜索願を出したときからだから、もう何度も顔を合わせていた。いなくなったのが優介のように四十の大人だろうと百歳の老人だろうと、失踪人は少年課の扱いになる。サトシマさんは白髪頭で顔の皺が深く、私の父親といっていい年齢に見えた。

「公開にするってのは、いわば最終手段なんでね、もうこれで諦めるというときに、とどめとしてやることなんだよ。ようするに、ご主人が失踪したことを、世間に晒すことになる……」

どうして刑事は皆そっくりな声をしているんだろうと、そのとき私は考えていた。いろいろな地方のいろいろな刑事が、それぞれの土地で身元のわからない死体が出ると私に電話をかけてくる。そのたびに私はサトシマさんと間違えてしまう。人の声というのは、声そのものというよりは発声のしかたによって特徴づけられるらしい。そして発声のしかたは、声帯のつくりではなく環境によって決まるのだろう。

でも、もうこの人の声はさすがに聞き分けられる。そう思ってふと顔をあげると、当の本人が困ったように腕組みしてこっちを見ていた。すみません、と謝ると、「いや、いや」とぶ厚い手を振った。

「それに、公開なんかしたら、チラシ作るんだって印刷屋に頼むわけだからン十万かかるよ。あんたのこれからのことだってあるのに、そんな金使うことあるのかねえ。勝手に出て行って、ひどいご主人じゃないの、ええ？」

でも夫は病気だったんです。心臓が悪いうえに抗うつ剤を飲んでいたんです。ずっと眠れなくて、仕事も休めなくて、こういう場合もしかしたら解離性健忘っていうのになってる可能性もあるんです——何度も話したことを私は繰り返した。サトシマさんはいつものように首を傾げたり唸ったりしながら聴いていたが、最後にはため息をつき、「じゃ、ここにハンコ押して」と、書類を差し出した。

それから数週間して、できあがったチラシを持って警察に行った。台車に積み上げた束から一枚抜くと、サトシマさんは目をぐりぐりさせて、「これは立派だ。いやこれだけすれば立派なもんだ」と、まるでものすごく長い戒名のついた位牌でも突きつけられたように畏《かしこ》まった。

帰り際、エレベーターに乗りこんだ私にサトシマさんは言った。

「時間はあんたの味方だよ」

私が答えるより先に、エレベーターの扉が閉じた。

それ以来、サトシマさんには会っていないけれど、時間は味方だ、という言葉は何かにつけ頭に浮かんだ。ときに励ましとして、ときにまやかしとして、ときに言葉そのものには意味がなく、ただそう言われることの意味をつくづく考えさせる言葉として。

「世間に晒す」とサトシマさんは言ったけれど、実際には、警察の掲示板はたいてい犯罪捜査のためのポスターでびっしり覆われている。自分で勝手にいなくなった者のチラシなど、よぶんの場所があれば貼ってやる、ということらしかった。結局、とくに変わったことのないまま公開捜査期間の三ヶ月は過ぎ、それからもう二年以上経っている。

そのチラシは奇妙に懐かしかった。「この人を捜しています」という、ピンクがかった赤い丸文字。内容とちぐはぐとしか思えないファンシーな書体。

「暗い感じになっちゃいかんと思って、考えたんっすけどね」

禿げあがった頭をかきながら、印刷屋の主人は言ったものだ。その親父さんはけっして私と目を合わせなかった。私にはそれがありがたかったし、むこうもそうわかっているのが察せられた。家から遠い町の、二階の窓から洗濯物のぶらさがった小さな印刷屋。電車に乗って、あてずっぽうに選んだ。字体は、今見てもやっぱりちぐはぐだ。

突っ立ってどのくらいチラシを見つめていただろう。きゅうに、あっと思って駅に戻る道を走った。走っては目にたつと気づいてしばらく歩き、やっぱり気が急《せ》いて走った。

「食べない?」

優介は私の姿を見るなり、キャラメルの箱を差し出した。キャラメルが一個だけ残っている。

「ぶどう味なんだよ」

「いい」

「とっといたのに。おいしいよ」

「いらないったら」

「どうしたんだよ」

私はすぐに答えられなかった。

「とにかく座りなよ」

言われたとおり、とにかく座って息をととのえた。

「見つけたの」

「何を」

「……警察の前で」

しばらく考えてから、優介は陰気なのか間延びしているのかよくわからない声で「ああ、あれか」と言った。

「あれかって……見たの？」

びっくりするようなことではないのだろうが、なんだかすごく妙な気がした。

「うん」

「ここで？」

「ここでも、ここじゃないとこでも」

「……どう思った？」

「どうって……海に行ったときの写真だと思ったよ」

つまらなそうに言い、そっぽを向いてしまう。

「ねえ」

「……」

「ねえ」

「なんだよ」

「こんなとこにいて、大丈夫かな」

「大丈夫って」

「つかまったらどうしよう」

「だって」優介は苦笑いした。「俺、犯罪者じゃないし」

「でも私が届けを出して、その捜してくださいって人と私が一緒にいるのって変でしょう」

「そんなこと気にしてるの？　今見つけたとか言えばいいじゃない」

「だめよ」

「だめじゃないよ」

「だめよ。だって、警察につかまったりしたら……」

終わってしまう。この旅が、こんな中途半端に終わってしまう。

「だからつかまりやしないよ」

優介は駅のベンチの上で身動きした。「こっち見てみろ」

顔をあげると、優介は私のほうに体を向けている。唇に不思議な笑みが浮かんでいる。

「よく見て、俺の顔」

「うん」

「どう」

「どう……って？」

「あのチラシの写真と今ここにいる俺。似てる？」

「え」

私はもう一度、優介の顔をよくながめた。やや肉厚な鼻。舟を連想させる唇。一重で切れ長だが瞳が大きく、どことなく犬を思わせる目。彼の顔の特徴は、なにひとつ損なわれていない。でも……

「髭があるからかしら？」

優介は「ほらね」とでも言うように短く笑って、もとのとおりに座り直した。

「大丈夫なんだよ。俺は誰にも気づかれなかったし、これからも気づかれない」

「そう言えるの？」

「なんならふたりで警察の前に行ってみようか」

「……いやよ」

「心配する必要はないんだ」

言いきった横顔を思わずじっと見る。仄暗い駅舎の、天窓から射しこむ光が横顔の下半分を照らしている。そのぶん目もとは濃い影に覆われている。

「そろそろホームに出ていよう」

ナイロンの旅行鞄を持って、優介が立ち上がる。私はベンチに体が貼りついたようになってしまって動けない。以前の彼だったらぜったい着ないような、安物の防寒ジャケットの後ろ姿がだんだん遠ざかっていく。優介はポケットからさっき買った切符を取り出し、改札を通る前にこちらを振り向く。入るよ、というように切符を指に挟んだ手をちょっと上げる。その手が下がり、また背を向けたとたん、私は何か声を出して彼のほうへ駆けていく。

「なんだよ」

だめ、と優介の腕を摑んだ。「だめよ、行こう」

「行こうって、もう列車くるよ」

「行くのよ」

「だからどこへ」

黙ったまま、私はベンチに戻って自分の荷物を持つと、駅舎の外へと歩いて行こうとした。優介はついてきてくれない。

大股でカツカツと引き返し、

「今言ったでしょう、自分で」

抑えた声が、なぜか震える。

「なんて」

「ふたりで警察の前、行ってみるかって」

優介の目がわずかに、驚きに見開かれる。

「わかったよ」

ため息まじりに答える。「だけど行ったって、どうにもならないからな」

ふたりで、掲示板の前に立っていた。ずっと、口もきかず、ただ立ちつくしていた。私たちを見て、小首を傾げて警察署に入っていく人が何人もいた。でも誰も、誰一人、声をかけてこない。ふいに、自分の体が砂時計になって、体のなかでさらさらさらさらさらさらさら砂の落ちる音が聞こえるような気がした。いったん聞こえてしまうと、その音はもうやまない。誰かこの人に気づいて。ほら、このチラシの人なの、この人をつかまえて。もうどこにも行ってしまえないように、この人を繋ぎ止めて。一生牢屋に閉じこめたっていいから、つかまえてよこの人を。

「ちょっと失礼」

禿げ頭の体格のいい男が、声をかけてきた。目を眇《すが》めて、優介の顔をのぞきこむ。わずかに不快そうな気配が優介の表情を覆うが、顔をそむけはしない。

「消防のワタナベさん？」

いえちがいます。優介が答え、禿げ頭はちょこっと頭を下げて建物のなかに入っていった。

涙が頬をつたった。彼の言うとおりなのだ。この人はべつに姿が見えないわけじゃない。整形手術をして逃げているわけでもない。でも誰にも気づかれなかったし、これからも気づかれないのだろう。

「ねえ……どうする？」

しょげたような声で優介が訊き、私は洟《はな》をすすった。

「みっちゃん」

「……」

「もう行こうよ。どっかで何か食べて、次の列車に乗ろうよ」

入っていって、自分は誰々だとうったえたら？　でも警察は、たとえ家出人を見つけても、本人がいやだと言えば何もできないのだ……

ひとりで考え、ひとりで首を振った。優介のジャケットのポケットに右手を差し入れ、私はさっきのキャラメルの箱を取り出した。最後の一個を口に含んで言う。

「次の列車に乗りましょう」

4

　行き着く先が決まっているなら、思い煩《わずら》うことなど何もなかった。暑さ寒さも照るか降るかも知らず、時がくれば眠り、時がくれば食べ、食べるものがなければ食べず、寝る場所がなければ寝ず、ただ次の土地また次の土地へと渡ってゆく。そして景色は際だった。あらゆるものが単純きわまりなく、あらゆるものが底知れなかった。どんな情景も、どんな見知らぬ人のたたずまいも、二度とないそのときかぎりのものとして「よく見ておけよ、憶えておけよ」と胸の奥深くに迫るのだった。迫るものをただ目の底に刻み、刻んだものと惜しげなく別れ、忘れ、流れに流される木の葉のように旅は続く。

　胎内めぐりのような駅裏の飲食店街を抜けると、目の前がきゅうに開けた。錆びた鉄棒のある小さな公園。公園の前の歩道にはベンチがふたつ、そのひとつに座った痩せた男が、白い琺瑯引《ほうろうび》きのボウルを抱え、何か一心不乱にこねている。

洗いざらしの白衣を着たその男に、優介はまっしぐらに近づいてゆく。神内《じんない》さん、と呼びかけると、

「驚いたね……ほんとに帰ってきやがった」

ぬうっと顔をあげた白衣の男は六十歳くらい、椎《しい》の実のような尖った顔に、小さな目が寄り気味にぷつりぷつりと埋めこまれている。ボウルの中身は胡麻油のにおいがする。餃子のタネらしい。

「おひさしぶりです」

前の晩に髭を剃っていたから、優介は五歳くらい若く見える。頬が赤いのは剃刀負けもあるが、少し緊張しているようだった。

その日から私たちは、神内さんとその妻フジエさんの営むひよどり中華料理店で働いている。公園に面した、テーブルが三つとカウンター席、奥に座敷がひとつあるだけの小さな店だ。

優介は餃子を包むのが上手い。歯科医らしい器用そうな指先がわずかに動くだけで、均等なひだ飾りに縁取られた、ぷっくり膨らんだ餃子がもう手のひらに載っている。手品みたい、とフジエさんは大きな目をくりくりさせて喜ぶ。厨房の奥の階段下のくぼみにすっぽり収まって、優介は日がな一日、ほとんど口もきかずに餃子を包んでいる。ふいに声をかけたりすると、あげた顔のその目が水のように澄みきっているので、どれほど彼が目の前の作業に没頭していたかわかる

のだ。

「うちでは料理なんかしないのに」

お皿を洗いながら、わざと不平がましく言ってみる。

「そうだね、すればよかったな」

素直に返されて、ちょっとたじろいだ。

「こうしていると、落ち着くよ」

優介はタネの入ったボウルから目をあげもしない。私は水道の栓をぎゅっと締めた。

「でも違うのよ」

何が、と私に訊きながら、手は止まらない。

「やっぱり、見ず知らずの人の店で、見ず知らずの人が食べるものを作るから、いいんじゃない？」

「まあそうかもしれないな」

またしても、拍子抜けするほどあっさり受け止められてしまう。

「そうだな、ここだからいいんだろうな」

私たち夫婦は店の二階で寝泊まりする。調味料のストックの入った段ボール箱だらけの、天井高もない屋根裏みたいな部屋だ。でも小さな天窓があって、横になると、街明かりを仄白《ほのじろ》く映す夜空が見える。四角く切り取られた夜空を見ながら、今し方銭湯の終《しま》い湯《ゆ》で洗った髪をタオルでくるんで、布団にもぐりこむ。階下では、深夜電力を利用した温水器にお湯がぽたりぽたりと蓄えられている音がする。私はその音を数えて、おだやかな眠りに入る。眠りはいつの頃からか、水のなかにひきこむような強引な真似はしなくなっていた。

「なあ」

声をかけられて目を開けた。優介は布団から目だけ出して、天窓を見上げている。人工衛星だろうか、何かが空の高いところで点滅している。

「俺、最初ここに来たとき」

「……うん」

「餃子食べて、すごいうまいと思ったんだよ」

夜中にめずらしくむこうから話しかけてきたと思ったら、餃子の話か。頬笑んで、夜具を肩まで引き上げる。

「私もそう思うよ。皮がもっちりしてて……」

「そう、あの皮がね。もっちりしてるのにかりっと焼けてて、中から脂がじゅうっと出てくる」

目を閉じ、「そうそう」と答える。皮も、神内さんが粉からつくるのだ。ひよどり中華料理店は小さな町の小さな店なりに繁盛している。大繁盛、と言ってもいい。その売り物はもっぱら餃子、それと予約のお客にだけ出す中華風のしゃぶしゃぶも人気だ。それにしても……無心に餃子を包む優介を見るにつけ、彼はここに行き着くべくして行き着いたのかただ流れ着いたのか、とそんなことをぼんやり考えている私がいる。

「でね、餃子一皿ぶんしか金がなかったんだ」

……え？

「金が」

眠りかけていた私は目をこする。「お金？」

「だから最初に来たとき。ずっとまともな飯なんか食ってなくて、なんかふらふらーっとあそこの公園で今夜寝るかなって思って来て。そしたらいいにおいがするんだよ。で、店に入ってあの餃子一皿食べたら、もう止まんなくなっちゃった。結局、八皿食ったんだ。新記録だって言われた」

寝返りをうち、優介のほうを向く。

「それで、どうしたの」

「どうしたって、金はないもん」

「食い逃げ？」

「そんな。食いはしたけど逃げたりしないよ」

「じゃどうしたの」

「お金がないって自分から言ったんだ。働かせてくださいって」

「そしたら?」

「働かせてくれたよ。とんだ新記録だって言われたけど」

「……ねえ」

「うん」

「そのとき警察に突きだされてたら、どうなってたんだろう」

「さあ」

「そうなるかもしれないとか、思わなかった?」

「だって、とにかく腹減っちゃって。考えてる余裕なんかなかった」

まっすぐ天窓を見上げていた彼は、きゅうにこちらを見て、

「だからさ、神内さんが、最初俺たちが働かせてくれって言ったとき、難色示しただろ?」

「んー」優介はなんだか大事なことらしく話すけれど、私はあまりぴんとこない。

「あれも仕方ないんだってこと。まあ気にするなよ」

「……気にしてるように見える?」

いやべつに、と彼は布団のなかでもぐもぐ言った。

「へんな人よねえ」

「誰が」

「優介」

「……そう？」

「そうよ。へんなところに気をつかうわ」

どんな事情があるのか知らないが、もとの職には戻れないのか？　神内さんに言われたとき、彼はただうつむいていた。子供が叱られてるみたい……そう思ってから、ふと考えた。もともと、この人はこういう人だったのかもしれない。私がこの人を、すごく頭がよくて、適当に世慣れていて、どんな人を前にしても自分の求めるところを、とりあえず筋道立てて話せるくらいの安定した信頼感みたいなものを持っていて……と、それはそれで間違いではないのだけれど、そういう恰好のいいところばかり見ていたのかもしれない。

「しかし、きみもへんな人ではあるよな」

「え、そうなの」

「へんだよ。それと、うそが無茶苦茶に下手だ。ま、それは前からわかってたけど」

あのとき、「もとの職には戻れないのか」と神内さんは渋い顔をしているし、優介は黙りこんでいるしで、それまでおとなしくしていた私がきゅうに「もとの職はちょっと」と割りこんだのだった。

「ちょっとって。だいたい何をしてたんだよ」

小さい目をしばたいて、神内さんは私を見た。

「なんか店でもやってたの」

「店っていうんじゃないですけど」

「だから何なんだよ」

「ちょっと細かい作業の……」

「職人か」

「ええまあ」

「なんの」

「え？」

「職人たっていろいろあるだろう、ペンキ職人とか、靴職人とか……」

「えっと、飾り職人」

聞いて一拍置くと、神内さんは椅子の背にどっと寄りかかった。それから冷めたお茶をがぶがぶ飲んだ。もうちょっとほんとうらしいうそをつけ、と思っているのは私にもわかったが、その後、「まあこっちも人手がなくて困ってたんだ」と言ってくれたのだった。あとで知ったことだけれど、フジエさんは最初に優介が来たときから、これは何かの事情でお寺を追放されたお坊さんにちがいないと思いこんでいたらしい。いくら私が否定しても、「今どき妻帯しちゃいけない宗派ってあるの？」などと言って身を乗り出してくる。もしやこれのせいかしら……荷物の底で油紙にくるまれているお経が、私はちょっと薄気味悪くなる。でも言われてみると、優介はお坊さんぽく見えなくもないか。

頭を少し持ち上げて、まだ湿り気の残っている髪を枕の上に流した。天窓にぼんやり映る私は、水中にいるように長い髪が逆立っている。

「飾り職人なんて言葉、どっから出てきたの」

優介の声には、かすかな笑みがにじんでいる。

「そういえば……子供の頃、父と母がよく時代劇を見てたわ。『銭形平次』とか『大岡越前』とか」

そうだ、父は隠密同心という人たちの出てくる番組もよく見ていた。死して屍《しかばね》拾う者なし、なんてふざけて真似してたっけ。

「……前に話しただろう、酒飲みの爺さん」

「君子蘭の？」

「あの爺さんは隠密同心が好きだったな」

「え、ほんとう」

「どんなに酔っぱらってても、その時間だけは忘れないんだ」

ふたりでしばらく黙って天窓を見上げていた。

「……知っているつもりで知らないことってあるもんだな」

ふと彼が言った。「みっちゃんのこと」

「……そう思う？」

「ああ」

私も優介のこと、知らないのに知ってるつもりになってた。ねえ、もっと前から知っていれば、知らないって知っていれば、何か変わったと思う？　もっと前から……

空で何かが瞬《またた》いた。さっきの人工衛星、それとも流れ星だろうか。

「私たちうそつきと食い逃げね」

フンッと優介は短く笑った。「俺は食い逃げじゃないって」

「あのね」

「なに」

「こういうのも、いいかもしれない」

「こういうのって」

「こんなふうに旅をするの」

「そうか」

「こんなふうにいろんなところで暮らしたことなかった。もしかしたら、前からしたかったのかもしれない」

階下から、あいかわらず規則正しい水滴の音がきこえてくる。どう理屈をつけても、時間を巻き戻せはしない。私たちはもう二度と、私たちの家でもとどおりに暮らすことはできない。ただ日ごとに近づく何かわからないものに向かって、進んでゆくことしかできない……でもこの安らかさは何だろう。なぜ今になって私は、こんなところで、こんなに安らいでいるのだろう……


毎日皿や野菜を洗ったり、厨房の掃除をしたり、水仕事ばかりしているのに手が荒れない。旅に出てから肌のことなど気にしたこともなかったが、もとは荒れ性なのだ。

「ああそれはね、水が合ってるのよ」

フジエさんはそう言って、厨房にかかっている鏡の前に私を立たせた。赤いペンキで小さく寿と書かれた鏡に、フジエさんと私の顔が並んでいる。たしかに、私にしてはめずらしいほど顔色がいい。何も塗っていない唇に赤みが差し、伸ばしっぱなしで束ねた髪は黒々している。フジエさんの白い頬も、きれいな水で研いだような滑らかさだ。彼女がいつもしている青い石のネックレスが、鏡のなかで光っている。フジエさんは中華街の女帝さながらの堂々たる容姿の持ち主で、神内さんには失礼だが、こんな小さな店にいるのはちょっと不似合いじゃないかと最初は思った。でも少し一緒にいると、神内さんとフジエさんがよく似ていることがわかる。どこか夢見がちだったり、客商売をしているのが不思議なくらいはにかみ屋だったりするところが。

お昼のお客がひいて、午後の仕込みの時間になると、神内さんは公園の前のベンチで餃子のタネをこねる。肉や卵やこまかく刻んだ野菜や、私の知らないにおいのする香辛料であふれそうなボウルを、左膝に右足を乗せて拵えた三角形に据えつけ、下腹と左腕でしっかり抱えこむ。あとはただ一心不乱に素手でこねる。白衣一枚で外に出ているのに、あっという間に汗びっしょりだ。ボウルのなかに据えたその目は、暗く塞がっている。白昼の公園のベンチで餃子のタネをこねながら、神内さんは別の時間、別の宇宙に行ってしまう。餃子のタネがねばりを持ち、まるくまとまるまで、しばらくは戻ってこれない。餃子はどこか遠い、たぶん暗くてさびしくて懐かしい場所にいったん行って帰ってきたぶん、美味しくなる。

フジエさんはその間、神内さんに電話がかかってきても取り次がないし、ベンチのほうはけっして見ない。避けているか、あるいは遠慮でもしてるみたいに。

「水の合うところに住むのがいいのよ」

鏡のなかで、フジエさんが言った。そうだ、この町にずっと住んだらどうだろう。山の麓の、冬になると湖の凍るこの町に。小さな部屋を借りて、夫婦ふたりで。この店で働き続けるのが無理なら、山のほうの温泉ホテルに働き口があるかもしれない……無心に餃子を包む優介の姿を見ていると、だんだん、そんなことも不可能でないような気がしてくる。忘れてしまえばいいのだ、一度死んだことも、いつか死ぬことも。何もかも忘れて、今日を今日一日のためだけに使いきる。そういう毎日を続けてゆくのだ、ふたりで。

しばらく冷たい雨が何日も降り続いた。それが嘘のように晴れ上がった日のこと、

「今日から別館を開けるので、よろしく」

フジエさんがそう宣言した。

「別館？」

聞き返すと、フジエさんはなんだかおかしい冗談でも聞いたみたいに、太った体を揺すって笑った。

路地をちょっと入ったところにある木造アパートの一室が、その「別館」だった。アパートは上下三室ずつの六室、ほかの部屋はすべて空室で、二階の「別館」のみ内装に手を入れてきれいにしてある。神内さん夫婦がアパートの大家なのだが、古い建物で店子《たなこ》は集まらないし、建て直すにはお金がかかりすぎるしで、一室だけを得意客の宴会などに使うことにしているのだった。

私を連れてアパートの階段をあがり、フジエさんはしばらく閉めきっていた部屋の鍵を開けた。替えたばかりの畳のにおいがする。窓を開けると、冷たく澄んだ風がどっと流れこんできた。

「あれがアンラク山、あれがコウノス岳、あれが……」

フジエさんの指さすほうを見ると、白く雪をのせた山々が初冬の青空にくっきり映えている。部屋で目をひくのは唯一、昔風のレース飾りのカバーをかけたアップライトピアノだ。

「ざっと掃除機かけておいてね」

フジエさんはそう言って、店のほうに戻った。

無断で触ってはいけないだろう、でも蓋を開けてみるだけなら……横目でピアノを見ながら掃除機をかけた。お膳を拭いているところに、厨房とつながっているインターホンのブザーが鳴った。

「すぐ行きまーす」

サンダル履きで、外階段をトントントンと駆け下りていく。ふと、こんなふうに階段を駆け下りたことがあったような気がして、立ち止まる。昔。とても遠い昔……私はまたトントンと足音をたてて駆け下りる。

人手がなくてずっと閉めていた別館が再開したことが知れると、毎日のように予約が入った。句会をする人もいれば、旅行のあとの写真交換会をする人もいる。麻雀の道具を持ちこむ人もいる。神内さんが空手の先生をしていた頃のお仲間が、昔話に花を咲かせにくることもある。年配者が多い。
「瑞希さんて、案外太いとこあるよねえ」
ある夜、フジエさんとふたりで別館の片づけをしているときに笑われた。その日のお客さんは
やはり年配の六人組、ポータブルのカラオケセットを持ちこんでの会だった。宴もたけなわとい
う頃、ビールを運びに行った私がなかなか戻ってこない。それでフジエさんが様子を見に来てみ
ると、ループタイをしたお爺さんたちに囲まれて、あまり使えない住みこみ店員が『エーデルワ
イス』を熱唱していたのだ。
「だって、何でもいいから歌えって。せっかくカラオケの機械を持ってらしたのに、お断りした
ら悪いと思ったんです」
私はうつむいて、お膳をごしごし拭いた。
「そういうとこ、優介さんと合ってるのかもねえ」
フジエさんはカーテンに臭い消しのスプレーをかけている。
「そういうとこって、その、太いとこですか?」
「あなたは安心な感じよね」
「安心だなんて、そんなこと言われたことないです」

私は食器を満載したお盆を、畳からまず膝の上に持ち上げた。「私なんか、なんにも一人ではできないし」ヨッと小さなかけ声をかけて立ち上がる。

「でもなんというか、泣きながらでもちゃんとご飯食べそうなとこがあるじゃない？」

それはまあ、たしかにそうかもしれない。実際、私は優介がいなくなってから、泣きながら食事をしたことが何度もあった。泣きながらでも食べなくてはならないのかと思うと、いっそう涙が出たが、それでも食べている。ここで倒れてはいけないとか、明日はまた優介を捜しに出かけなくてはならないとか、そういう理由はいろいろあったけれど、やっぱり体が要求するから食べているのに違いないのだ。いっそ食べずに死んでしまえる自分ならよかったのに——そう思いながら口にした幾たびものわびしい食事は、憶えておこうと思ったわけでもないのになぜか深くしみこんで、たぶん私の顔を見ただけでそれを食べたとわかるくらい、私の一部になっている。目玉焼き、キャベツの千切り、さんまの缶詰、冷や奴、茹でたブロッコリー、鮭缶、ちりめんじゃこ、卵うどん……

「大丈夫？　落ちないでよ」

重たいお盆を持って階段を降りていく私に、フジエさんが後ろから声をかける。

店のシャッターはもう下りている。厨房のドアから入ると、食器を洗っているとばかり思っていた優介の姿が見えない。ひやっとしたものが体を駆けめぐる。ふつうに置いたつもりなのに、お盆の食器が大きな音をたてた。

「ご苦労さーん」

そのときレジのほうから神内さんの声がした。見ると、優介が神内さんと一緒にレジの機械に向かっている。ふたりともしきりに首を傾《かし》げ、機械のなかをのぞきこんではぶつぶつ言ってる様子だ。そういえば、レジの調子が変だと夕方話してたっけ……私は肩をすくめる。こんなにすぐ動揺するのに、何が安心なものか。

お盆だけ持って引き返す。外階段から空を見上げると、半月だ。少なくとも今日は、優介と海の底の蟹が交信することはあるまい。空は明るく、ところどころ散らばった低い雲は紫がかって見える。夜の公園を犬と散歩している人がいる。印刷会社の電気が消え、コンビニの前に停めてある自転車がぱたんと倒れた。どこかで誰かが口笛を吹いている。ああいつかこういう夜があった、と思うような夜だった。今このときが、今このときだけで出来ているわけではないと、身にしみて思うような夜だった。

扉を開けると、フジエさんは掃除機のスイッチを切った。

「ねえ、これからカラオケ行ってみようか。瑞希さんの歌もっとききかせてよ」

「あの」

フジエさんはこちらに向き直った。「なに。どしたの」

「このピアノなんですけど」

ああこれ、と笑って、フジエさんは掃除機のコードを抜くために屈みこむ。そのまるい背中に向かって、「ドイツのピアノですよね」と私は言った。

「へえ、知ってるんだ」

フジエさんの表情は見えない。古い掃除機で、ボタンを押してもコードがなかなか巻き取れない。

「子供の頃習った先生の家にあったんです。素晴らしい音でした」

フジエさんは体を起こした。「弾ける?」

「上手くないですけど」

子供の頃は、大きくなったらピアニストになる、と言っていた。母は父の死後も、家計をやりくりして私にピアノを習わせてくれたのだった。フジエさんのピアノは先生の家にあったのと同じメーカーのもので、ピアノ教師はドイツ人の男性だった。もうお爺さんといってもいいような年齢に見えたが、ほんとうはもっと若かったのかもしれない。もとは日本人の奥さんがいたのだけれど、死んだということだった。老朽化した町営住宅で、片言の日本語で、子供相手に安い月謝でピアノを教えていた。狭い部屋の中で場違いに豪華だったのは、ピアノと、ごつごつした木彫で飾られた人の背丈ほどもある鳩時計。その鳩は世界中の時間を凍りつかせるような声で鳴くというのに、びっくりして思わず演奏を止めてしまおうものなら、先生は私の知らない言葉で厳しく叱るのだった。それは叱責というより罵りだった。家のなかはいつも薄暗く、他の場所ではけっしてかいだことのないにおいがした。アル中だという噂もあった。奥さんはもとは酒場の歌手で、自殺したのだという話も一度ならず耳にした。「女の子をひとりであの外人のところに行かせて大丈夫なのか」と、わざわざ母に忠告しにくる人もいた。

でも私は知っていた、先生が素晴らしいピアニストだということを。先生が弾くモーツァルトは、幾万の小鳥の囀《さえず》る森に吹く爽やかな風だった。先生がスクリャービンを弾くと、私の目の前に絢爛豪華な氷の城が忽然と現れ、生き物のように動きだし、崩れ、また自律的にかたちを変えて建ちあがった。フォーレを弾けば、世界は美しい小川の底で繰り広げられる映画のひとこまになった。

私は事務員として働く傍ら、結婚式場でピアノを弾くようになった。弾くのは結婚行進曲とかアメイジンググレイスとか同じようなものばかりだったけれど、挙げる人にとっては大事な結婚式なのだから、心をこめてとまではいかないまでも、せめてしっかり集中して弾くようにした。衣裳はいつも同じ、肩のところにリボンのついた水色のドレス。支配人は、そのドレスについて何か言いたいのをいらいらしながら我慢しているのがわかるような人だった。でも酔っぱらったお客に私がからまれたら、すぐに飛んできてくれたっけ。家に帰ると、母が夕食を作って待っていてくれた……

フジエさんに促されて、ピアノの蓋を開けた。象牙の白鍵はどれも濃い黄色に変色しているが、数カ所、真っ白い新しいものに貼り替えられたところがある。

和音を弾いて、独特のあたたかな音色に胸を突かれた。

「調律、最近したんですね」

私が振り向くと、フジエさんは少し決まり悪そうににこりとした。

「こんな田舎にも熱心な調律師さんがいるのよ」

椅子に座ると、手は自然とこの音色にふさわしい曲を選んだ。ショパンの夜想曲第十九番。物憂い旋律と緩やかな川の流れのようなアルペジオのむこう側から、やがてピアノ教師の声が聞こえてくる。「自分の音を、よく聴きなさい。耳を澄まして、注意して、よく聴きなさい。好きでも嫌いでも、あなたの音が、あなたなのです」……それから、父の声が聞こえてくる。「瑞希、瑞希、こっちにおいで。ちょっとこれを見てごらんよ」……母が笑っている。「おかあさんねえ、今だから言うけどあんたは結婚しないんじゃないかって心配だった」……みんな、死んでしまった人ばかりだ。弾きながら、私は彼らに問いかけている。ホ短調の旋律に乗って、私の問いがむこう岸へと流れてゆく。おとうさん、おかあさん、先生。もう一度、会えますか……

「私の親が与えてくれたものでね」

弾き終えると、フジエさんはピアノの蓋を閉める私の手もとを見ながら言った。

「先生に付かれたんですか」

「でもぜんぜん弾けない、十一でやめてしまったから」

遠く異郷へ運ばれてきたこのピアノは、あまり弾かれることもなくここにいるのだろうか……そのときは、それくらいしか思わなかった。

翌日から、私は毎晩ピアノを弾いた。お店が終わると、フジエさんはそれとなく私を誘うのだった。曲をリクエストされることも、弾く曲に迷うこともなかった。鍵盤に向かいさえすれば、手は自然と動いた。ショパン、フォーレ、ドビュッシー、バッハ、グリーグ、いずれも小品ばかりを一曲か二曲。何を弾こうと、フジエさんは太った腰を畳にぺたんと据えて、いつもはくりくりよく動く大きな目を閉じ、キューピー人形のような口もとは薄くあけて聴いている。

ときには、神内さんと優介もやってきた。優介が私のピアノを聴くことなど、以前はめったになかった。そういう趣味がないのかというとむしろ逆で、耳が肥えているだけについ容赦のない聴き手になってしまう。優介は私を傷つけることにはなりたくないし、私のほうも優介の前では緊張するしで、なんとなくそういう機会は遠ざけられていたのだった。結婚してからは月に数回、ボランティアで伴奏者としてあちこちの施設で弾き、家ではひとりのときに練習するだけ、優介がいなくなってしまうとそれどころではなくなって、そもそもピアノという存在を忘れていたくらいだ。でもここでは――この音色のもとでは――すべてが伸びやかだった。彼が聴きにきたある日のこと、私はシベリウスの『樅《もみ》の木』を弾いた。ため息のように短いその曲を弾きながら、私は降りしきる雪のなか、優介と肩を寄せ合い常緑の大木を見上げていた。

弾き終えるといつも、「お疲れさま」「おやすみなさい」と、言葉少なに挨拶して別れる。ピアノの音が、その日一日のしめくくりと決められているみたいに。私たちは店の二階に上がり、神内さんとフジエさんは手をつないで、神内さんの年取ったおかあさんの待つ家に帰るのだった。

ドビュッシーの『夢想』を弾いた日は、フジエさんとふたりきりだった。弾き終え、戸締まりをして階段を降りると、フジエさんは公園に面した歩道のベンチに座った。神内さんが午後の仕込み時間にいつも、餃子のタネをこねている場所だ。

店のシャッターは閉まっているが、中の明かりがついているのがわかる。優介は神内さんと、買い換えたばかりのレジスターの取扱説明書を読んでいるのだろう。

「ピアノ、また練習してみようかな」

フジエさんはそう言って、夜空を見上げた。

「ずーっと弾いてなかったけど、やっぱり気持ちがいいです」

彼女の隣で、私も空を見上げる。くもって星は見えなかったが、空は明るく、春のようにあたたかだった。

「はじめたのはいつ頃？」

「五歳のとき」

五歳か……何気ないつぶやきに、フジエさんの心がどこか遠くを向いているのがわかった。こういうときは何も言わないか、自分の話をするのがいい。

「父が町工場をしてたんです、ステンレス成型の」

するりと自分の話をしはじめたのは、私にしてはめずらしいことだった。

「母も工場を手伝っていて、夜ラジオを聞きながら仕事してたら、たまたま流れてきた曲を私がじっと聴いてたんですって。『ピアノ弾きたい？』って訊いたらすぐうなずいたって、母が言ってました」

町工場の娘がピアノなんてガラじゃないだろう、父はそう言って最初は反対したらしい。でも結局、中古のいいピアノを選んで買ってきてくれたのも父だった。父は工場の機械をよく自分で工夫していた。次々やってくる細かな注文に応えるにはそうするよりなかったのだが、機械の仕組みに向き合うのが好きだったのも確かだ。だからもちろんピアノという楽器にも、父らしい興味の持ち方、関心の示し方をした。もし母に叱られなかったら、分解していたかもしれない——柔らかな夜の風にまかせて、思い出すままに話した。

「私の両親は貴金属や呉服の店の外回りからはじめて、だんだん人にお金を貸すようになってね」

　話し手が交代しても、眠りかけた街の静けさは変わらない。フジエさんは大きな目を伏せ、

「あのピアノも借金のカタだったのよ」と言った。

「ふたりとも田舎から出てきた人間で、音楽なんて民謡と歌謡曲しか知らなかった。あの時代は娘にピアノを習わせるというのが、それはもうはやりだったから」

　ご両親は音楽がお好きだったんですか、という私の問いに、彼女はそう答えた。

「でもお嬢様趣味っていうより、手に職をつけるって感覚だったの。ピアノの先生なら女性でも一生できる仕事だろうって、そういう考えで娘にピアノを習わせた母親たちが、戦後の一時期いっぱいいたのよ。たまたまうちの近所に熱心な先生がいて、見どころがあるみたいなこと言われたもんだからねえ、母なんかもう舞い上がっちゃって」

「私はそんな才能なかったから、自由にやれて、続いたんだと思いますよ」

　十一歳でやめてしまったというのを聞いていたので、ついそんなふうに言った。

「瑞希さん、きょうだいは？」

　私は首を振った。

「上でも下でも男でも女でもいいからほしいって思いますけど、こればかりは仕方がありませんね」

そう、とフジエさんはうなずいた。

「私は……年の離れた妹がいたの。私が十一で妹は三歳。こういう……」

つられて夜空を見上げると、上空の雲が早い。みるみるうちに月が現れ、また覆われてゆく。

「生暖かい風の吹く日だった。今夜みたいな夜は、妹のことを思い出すのよ……もともと腸の弱い子だったけど、その晩遅くなって具合が悪くなった。私は妹を背負って病院に向かったの。親は寝る間も惜しんで働いてたし、近所の小児科の先生にはよくお願いしてた。夜でも二人きりなのは特別なことじゃなかった。そうね、あの頃はまだ家に電話なんてなかった……長ーくて急な坂道だった。私、背中の妹に話しかけながら坂道を登ってて、そういうのは初めてじゃないのに、でも今日は何か違うってどうしてだかわかった。不思議ね、あのわかってしまう感じ」

そう、私もだ。わかってしまう。わかっているのに、引き留める術《すべ》がなかった。せっかくわかっても、それはたいてい遅すぎる。

「妹が死んでしばらくすると、両親は郊外に家を買って借家を出た。新しい家に新しいテレビ、車だって買った。私は……ピアノやめちゃった。テレビは見たし、車にも乗ったけど、ピアノを弾くのはいやだった。なぜピアノがいやなのか、考えもしなかった」

ちょっとの間、私たちは黙って空を見上げていた。それからフジエさんがきゅうに、

「ねえ、優介さんて、ちょっとフシギくんよね」

と、私のほうを見た。

「フシギくん?」

「そうよ、すごく。なーんか辛気《しんき》くさい顔して餃子ばかり包んでるけど」

私たちは、ハハハと笑った。

「あのピアノを最初に見たとき、優介さん言ったのよ。こんど妻を連れてきますって」

「え、ほんとに」

あんまり聴きたがらなかったのになあ、とぼんやりしていると、

「……瑞希さんが弾くのを毎晩聴いていて、あの頃の自分に会えたらどんなにいいだろうって思った」

つぶやいたフジエさんに、あの頃? と反射的に聞き返す。「ピアノを習っていた頃?」

「そうじゃなくて、妹が死んでから」

「……」

「会って、言ってやりたいの。大丈夫だから、あの子はちゃんと天国にいるから、安心して、いちばん好きなことをしなさいって」

そしたらどうなったってもんじゃないけど。そう言って、フジエさんは肩にかけていた毛糸のカーディガンに腕を通した。

「父も母も早死にしちゃって、あんな弾きもしないピアノ、処分してしまおうと何度思ったかしれやしない」

弾いた私には、もちろんわかる。あのピアノは調律も怠らず、大事にされてきたのだ。いつの間にかまた姿を現した月が、夜をあまねく照らしている。満月は、たぶん明日。

「おーい。何くっちゃべってんだよぉ」

店の裏口から光が漏れて、神内さんが手を振った。

「甘いもの食べたくありません?」

私は立ち上がって言った。そうね、とフジエさんも立ち上がる。

「なんかおなかすいちゃったわね」

「じゃ、厨房使わせてください。しらたまつくります」

「へえ、しらたま?」

あの音が聞こえる。かすかに。どこか遠くで電線が風に揺れているような、ひょーんひょーんという音が。もうここを出る日が近いのかもしれない、と思った。

5

七日間風が吹き、七日間雨が降った。私たちは上空の雲を追い、何に追われるわけでもなくただ過ぎた時に押し出されるように、舟に揺られ、橋を数え、雑音だらけのラジオのつまみをいじりながら気圧の谷を渡り、虹をくぐった。鋏も剃刀も使わなくなると、優介の髪と髭はみるみる伸びた。

漬物石みたいな、ごろごろした石ばかりの海岸だった。灰色の空の下に、どこまでも平らかな暗い水面が続いている。私はしゃがみこみ、マッチを擦った。長いこと荷物の底にあった紙はしんなりしていたけれど、火はすぐ燃え移った。

ゆっくり足音が近づいてくる。振り向かなくても、優介なのはわかる。立ち止まった。こちらを見ているのだ、じっと。

「ここ寒いね。だんだん寒くなるね」

火を見つめたまま、声をかけた。すると足音はすぐそばまでやってきたが、腰をおろそうとはしない。私と、燃えているものを、立ったまま見つめている。

「お経じゃないよ」

子供の腕の骨のような流木を使って、私はまだ燃えていない紙の端っこを、小さな炎のなかに入れた。

「何だと思う?」あいかわらず無言の彼を振り返り、私はちょっと頰笑む。

さあわかんないな、と返事したものの、優介が緊張しているのはわかる。

「手紙」

「手紙?」

「カードみたいなものだけど。朋子さんからの」

ああ、と口のなかで言って、優介は目を眇《すが》めた。

それは大学病院に残されていた優介の所持品のなかにあった。手紙といってもたぶん手渡されたのだろう、すみれの花が印刷されたカード。読んで、びっくりした。朋子という衛生士さんからの手紙には、優介と次の小旅行に行くときのために彼女がどんな下着を買ったか、イラスト付きで細かく描写されていた。あまり普通の下着屋さんで売っているような種類のものではなさそうだった。彼女の筆致からは、それが優介の求めによるものだということがうかがえた。

「無断で燃やしては悪いかと思ったけど」

「いいよそんなことは」

優介は遮って、ごろごろした石の上を動物園の熊みたいによろめきながら歩いた。立ち止まり、ぱっとこちらを向く。

「そんなもの、持ってきてたのか」

「うん」

私のザックには、そのほか預金通帳や洗面道具、お経の束が入っている。もし帰りたくなったら、ついてくるのがいやになったら、こわくなったら、途中でお経を燃やしてしまえばいい……優介はそう言うけれど、私にそんなことはできそうにないし、したくなるとも思えない。彼の行くところに、ただついて行くのでいいと思っている。

「どうしてそんな手紙、持ってきたんだよ」

優介は私の斜め向かいに、顔だけそっぽを向いてしゃがみこんだ。

「よくわかんない」

「わかんないじゃないだろ」

「優介こそ、ぜんぜんわかんなかったんだ」

「何が」

「持ってきてるって、私が」

「わかるわけないだろ、ひとの荷物のなかなんか」

「大事そうにしてたものだから、なんとなく気づくかと思った」

優介は、ちょっとひるんだみたいな顔をした。それから「わかるわけないだろ」ともう一度、ぼそぼそ言った。

「それより、どして持ってきたんだよ」

うーん、と私は考えた。

「お守りみたいなものだったから」

「お守り？　あの手紙がか」

「そう」

「よくわかんないな」

「つらくなると、読んだのよ。読むとまず、腹が立って、悔しくなって……それから力が湧いてきた」

「そんなものかね」

炎はとうに消え、三年間の命綱だった手紙はただの灰になってしまった。見る間にそれも散ってゆく。

吐き出すようにため息をひとつつくと、優介は立ち上がった。

「訊かないの」

何を？　と私も立ち上がった。

「その、手紙を寄越したのののことだよ」

「いいの。会ったし」

「そうか」

「朋子さん、いい人だった」

優介はパーカーのポケットに手を入れ、寒そうに背を丸め、目を閉じ、口をへの字にしている。

「私のこと心配してくれた。私は、むこうも結婚してるって知らなかったから、ちょっとびっくりしたけど」

「……」

「きびきびしてて、頭がよくて、車の運転が上手そうで、なんか朋子さんはあなたと似てる気がした」

「……俺と似てるとしたら、あの人も親に屈託があってね」

「……そう」

「俺は今でも、おふくろや俺を捨てて家を出た親父が憎い」

「……」

「親父が今、生きてるか死んだか、それも知らないが、たぶん死んだんだろうと思う」

「どうして、そう思うの」

「俺は知らない間に、あいつを追っかけてたんだ。子供の頃からずっと追いかけて、とうとうあの世まで追いかけることになってしまった。あっちの世界でまで、憎い憎いと追い回してやるために」

優介はふたたびしゃがみこんで、顔を両の手でごしごしこすった。

「……いやだ。そんなのは、いやだ」

私もしゃがんだ。目の前の彼の肩がふるえている。

「結局、俺も親父と同じだ」

「そんなふうに考えないでよ。それにもし誰かを追いかけたのなら、それはおかあさんじゃないの」

優介の母親とは一度だけ会ったことがある。着物の着付け教室を経営している、きれいな人だった。親子というには節度のありすぎる態度でお互い接しているのがちょっと変わっているなあと思ったけれど、冷たいという感じはなかった。優介が私との長い付き合いの果てに結婚しようと言いだしたのは、その母親が急死して四ヶ月後のことだった。

海はあいかわらず穏やかだ。滑るように海鳥が飛んでゆく。水平線はとても低い。なぜなら私たちも低い姿勢をしているから。水平線は常に目の高さにある、そう教えてくれたのは父だ。

「あの人も……朋子さんのことだが、親との関係が複雑でね」

「そう……そういう話をしたの?」

優介はうなずくかわりに、「俺はあの人の前だと、思う存分、親父への恨み言を並べ立てられた」と言った。「みっちゃんにはそんなこと、できなかったし、したくなかった」

どちらからともなく立ち上がり、歩きだした。

「言いわけみたいに聞こえるだろうけど」

優介は口調をあらためた。「俺なりに守りたいものがあったんだ」

どう答えていいかわからない。あのね、と私は話しかける。「朋子さんと会う前も、会った後も、あの手紙は何度も読んだの。何度も何度も。読むといつも……」

「腹が立ったんだろう」

「そうよ。でも、そのあといつも」

いつも、何て言ったらいいんだろう。

「心が安まった。腹が立つのに、結局は気持ちが慰められるの。変よね、次のデートで着る洋服とか下着のことが書いてあるだけなのに」

「俺を憐れんでたのか」

「え」

ちょっと意外だったので、私は首を傾げるしかなかった。「そういうんじゃないと思うよ」

「じゃ、どういうんだよ」

「よくわからないけれど……人って私が思ってるよりずっと複雑なんだって思った。そういう複雑さのなかで、少しでもほっとできたり楽しかったりすることを、自分で見つけていくしかないんだなって」

でも、もうあの手紙は役割を終えたのだ。

私たちは防波堤に向かって歩いている。ごろごろした歩きにくい石の上を、手を取り合って。防波堤の上で振り返ると、水平線はやっぱり目の高さにあった。わずかに弧を描く銀色の一本の糸が、繋いでいる。この世界と、私を。ふと、優介の手が私の手からすり抜ける。紺色のパーカーを着た痩せた背中が、コンクリートの階段を降り、防波堤の影に覆われた道で立ち止まる。星のない夜のようなその背中を見つめたまま、私は身動きできない。


朝から晩まで、優介はとりとめもなくとりとめもないものを食べている。豆菓子、三笠山、イカ焼き、バナナ……定食屋に入ってイカ刺しばかり五皿食べ、そのあとカレーを三人前たいらげたりする。こちらの食欲はそのぶんなくなるのだが、彼は私のたのんだ焼き魚定食とかオムライスも片づけてしまう。

「おいしいの?」

「おいしいよ」

あたりまえのように答え、淡々と食べている。とくにおいしそうに食べているとは思えない。でも無理しているわけではないのも、見ていればわかる。

風の強い、冷たい雨の降る夜だった。素泊まりの安宿にようやく辿り着き、歩き疲れた体をしめった寝床に伸ばした。眠りに落ちたところを、ガサガサとビニールの耳障りな音で起こされ、見ると優介が布団の上で荷物をかき回している。彼は自分の鞄から、昼間買ったロールケーキを取り出した。隣の布団で私が見ているのには気づきもせず、長さ三十センチほどの大きなロールケーキを手に、神妙な顔をしている。私の胃の中で、さっき食べたばかりのげその天ぷらが膨れあがった。優介はセロハンの包装を決然と取り払い、サックスでも演奏するみたいに縦方向にロールケーキを構えた。すっと短く息を吸いこむと、切りもせずに食いつく。

咄嗟《とっさ》に私は這い寄って、彼がかぶりついたためにケーキの反対側からにゅっとはみ出たクリームを、指ですくった。たっぷりのクリームが、私の左手の二本の指にのっている。私はそのクリームをぼんやり見ていた。クリームが惜しかったわけでも、布団や服が汚れることを心配したわけでもない。何も考えてなどいなかった。ただ体が反射的に動いて、指にクリームをのせてしまった。夫が失踪してもごはんを食べ続けたように、どこまで行っても、たとえこの世の果てまで旅しても、私は落ちそうなクリームを見れば指ですくってしまうのだろう。クリームをすくわないようにすることは、たぶんできる。でもそれで、クリームを思わずすくってしまう自分がいなくなるわけではないのだ。

と、手首を握られた。驚く間もなく、優介はクリームのついた私の指をなめはじめた。最初はクリームを舌先ですくいとるように、それから指を一本一本丁寧になめ、しゃぶる。指の間を這う滑らかな舌、ときおりちろりとのぞくその澄んだ赤み。すっかりきれいにしてしまうと、彼は私の手首をあっさり離し、ふたたびロールケーキにとりかかった。私はケーキのおしりからはみ出るクリームを指でぬぐっては、優介になめさせた。ケーキも私の指も区別無く、優介は無心に食べたりなめたりしている。ときどき間違えて私の指を噛んでしまうが、たっぷりのクリームにまみれて、動物のあま噛みのようなものだ。そのうち、躊躇《ためら》いもなく私の手から食べはじめた。ケーキは私の手と優介の顔の間でつぶれながらなくなっていく。食べてしまうと犬か猫のように、自分のと私のと、ふたつの手のひらをまた丹念になめる。

「おいしかった?」

訊くと、なめながらうなずく。優介の顔じゅうについたクリームを、今度は私がなめてきれいにした。クリームの甘さと男の肌の塩辛さはよく合った。優介はいやがらない。満足した猫のように、口をチョッチョッと鳴らしている。それから促されるまでもなく床に入った。横になって、さっきまでなめていた私の手をとり、子供のように自分の鼻に当てる。手のひらのにおいをかぎながら、目を閉じる。

おやすみ、と言って私も目を閉じる。外の雨が、ますます強くなっている。甘い菓子のにおいのなかで、いつまでも雨の音をきいていた。

6

曲がりくねった山道をバスは縫うように進み、木々の緑のむこうに川のきらめきが見え隠れした。ついこの前は晩秋の町にいたのに、どこをどうさまよったのかいつの間にかこんな夏の山深くにいる。手紙も日記もどんなしるしも付けずただ流されて、それでもふとバスの揺れの合間によみがえる、灰色の景色のなかで出会った忘れ得ぬ人たち。ときおり織りこまれる鮮やかな季節に踊る、黒い黒い影法師。

標高はずいぶん上がっているはずだ。耳が痛くなるので何度も鼻をつまみながら、私は外の景色を眺めている。優介はもともと乗り物の揺れで体が動いてしまうのが嫌いなので、前の座席の背中についた取っ手に両手でしっかりつかまって、真ん前ばかり見ている。

「俺と会う前の話をしてくれよ」

めずらしいことを言いだした。

「とくに面白いことなんかないわ。毎日会社に行って、週末は結婚式でピアノを弾いたり、合唱の伴奏をしたり……」

私は口をつぐんだ。そういう合唱グループのひとつに、優介と付き合っていた人が所属していて、よく練習場所に彼が車で迎えに来ていたのだった。彼女はまだ学生だったはずだが、グループ内でちょっとしたもめごとがあると距離を置きつつちゃんと状況を見て、自分が譲って済むことならさっと譲る、という大人びたところのある人だった。鮮やかなブルーの譜面入れファイルを使っていて、その色がとても似合っていた。優介はいつの間にか私とも挨拶くらいはするようになり、ある日、彼女がお休みしているのにやってきた。もうほとんど皆が帰ったあとだった。

「今日はお休みされてますけど」ピアノの蓋を閉めながら声をかけると、優介はちょっと黙り、

「じゃ、きみを送るっていうのは?」と言った。びっくりしていると、彼は「ごめん」と肩をすくめた。「実はもう来るなって言われちゃったんだ。でも休むとは思ってなかった」

そのときは、用があるからと言って断ったたし、すぐ付き合いだしたわけでもないのだけれど、後から考えればあれがはじまりだった。

「みっちゃんはなんというか、淡々と満足しているように見えたよ。不平不満とかそういうものがなくて」

バスの走行音を伴奏に、優介はそんなことを言う。

「そうだったかしら」

「おとうさんが早く亡くなって苦労しているんだろうな、なんて考えたりしたよ」

父は信頼していた人に裏切られて工場を失い、失意とアルコールに溺れるようにして亡くなったのだった。父のことを思うと、懐かしさと虚しさが同時にやってくる。

「変わらないな、きみは」

「そんなことないわ」

「俺はけっこう強引だったな」

「うん、でも不思議とうっとうしくなかったのよ」

そう？　と優介は疑わしそうに言って少し笑う。

「そう。あの頃から不思議だなあと思ってた。徹底してたからかしら」

「まあ徹底して自分勝手だったのはたしかだよな。さんざん追い回してようやく付き合いだしたってのに、きみが何も言わないのをいいことに、なかなか結婚しなかったし」

「言っても変わらなかったくせに」

「それはそうだけど……どうして俺と結婚したの」

「どうしてって」

「なんとなく？」

「……たとえばCDを聴いていて」

「うん」

「私が『この曲いいなあ』って思うと、とくにそう言わなくても黙ってもう一度かけてくれたりするでしょう、優介は」

「それは俺がわかるんじゃなくて、みっちゃんがわかりやすいんだよ」

「どちらでも同じよ。息が合うというか、似ているところがあるって思ったの」

バス停もないのに、バスが止まった。あたりは川霧に覆われている。前のほうに乗っていた老婆が、運転手とひとことふたこと交わしてバスを降りていく。こんな山のなかに、家があるのだろうか……

私たち以外乗客のいなくなったバスが、大きなため息をついて発進する。

「俺と会う前、どんなやつと付き合ったの」

「短大に入って半年ぐらいしてから、高校の時の先輩と四年三ヶ月付き合った」

「それは前に聞いたよ。その後は?」

「その後? それだけよ」

「俺の前はその先輩だけ?」

「うん」

「驚きだな。そいつに今でも会いたいと思うときある？」

「ないなあ」

「連絡した？……俺がいなくなってから」

私は笑った。「しないわよ。むこうだってもう結婚して、子供が三人だかいるのよ」

優介がいなくなってから連絡をとったのは、もっぱら彼の友人知己だった。行きそうなところに何か心当たりはないかと考えてのことだったが、何の手がかりも得られなかった。それどころか、落ちこんだ彼を知っている人がまるでいなかったのだ。付き合っていた朋子さんさえ、優介の気分の浮き沈みの激しさに気づいていなかったらしい。

「先生も私も、会うといつもハイパーテンションっていうか」

朋子さんは考え考えしながら言った。

「たとえば人の悪口だって、藪内先生って見事にとどめを刺すって感じで爽快でした。でもそういえば……瑞希さんのこと、あいつはこういう俺には付いてこれないって話されたんですよ。そのとき私、『こういう俺』じゃない先生がいるんだってふと思って、ちょっと嫉妬しちゃいました」

彼が時折沈みこむ気質だと知っているのが、ほんとうに自分だけだったのなら……その自覚がなかったことを、私は深く悔やんだ。

登り道がきゅうにきつくなった。

「思い出してるの？　その先輩のこと」

大きくなったバスのエンジン音にまぎれて、優介の声が耳に届く。

「まさか」

「なんで別れたの」

「その人ぼっちゃん育ちでね、私とは違うのよ、お金の使い方とか。なんか疲れるなあって思って」

「きみも頑固なとこあるからな……でも四年も付き合ったんだろ？」

「うーん、なんというかいったん付き合いだしてしまうとね」

ふふ、と私は笑った。優介も微笑している。

「こういう話、あんまりしなかったな」

「そうね」

「昔話をしたり、前のことを聞きたがったりするなんて、時間の無駄としか思ってなかった。まあ実際そうなのかもしれないけど、でも聞きたくないわけじゃなかったんだな」

「なんだか他人事みたい」

「今となってはね」

私は手提げのなかをがさがさとかき回す。

「さっきハッカ飴買ったのよ、食べる?」

「うん」

優介にひとつ渡し、自分もきれいな緑色の包装紙を剝いて、ゴロンと大きな乳白色の飴を口に入れた。

「うわ。これ、すごい甘いな。ハッカでくるんだ砂糖の塊って感じ」

「わたひ、ほうひうのすき」

「なんだよ。ちゃんとしゃべれよ」

二人してバスに揺られながら、歯が溶けそうなほど甘い飴に頰を膨らませている。もっと話したいという気もするけれど、口のなかの飴が大きすぎて、何も言えない。

朋子さんと会ったのは、都心の大きなホテルのカフェテラスでだった。一度お会いしたい、と電話すると、そのときはもう優介が行方不明になっているのは皆の知るところだったし、朋子さんはすぐ承知した。場所は彼女の指定だった。

職場での彼の様子や、あたりさわりのないことを話しているうちに夕食時になったので、私はメニューを手にとり、何か召し上がりませんかと言った。店を変えてまでわざわざ食事に誘うのは不自然なような気がしたし、近くに知っている店もなかった。病院での仕事帰りの朋子さんは、

「そうしましょう、おなかすきましたね」とあっさり応じ、ウェイターを呼ぶために手をあげた。金の小さなタツノオトシゴのチャームのついたブレスレットをした彼女の腕は、とても白かった。

そういえば朋子さんは車の運転をするとさっき話していたけれど、難しい車線変更のときこんな感じで窓から手を出されたら誰も逆らえないだろうなと、その仕草を見てぼんやり思ったりした。

ふたりで白ワインを少し飲み、スモークサーモンのサンドウィッチとサラダを食べた。食べはじめると、あまり口をきかなかった。話したくないわけではないけれど、話せる事柄は、食べながら話すのに相応しくないようなことばかりだった。

BGMに『雨に微笑みを』のインストゥルメンタルが流れて、私は耳を澄ました。朋子さんが食事する手を止めて、こちらを見ている。

「どうかされましたか」

「この曲、優介が機嫌のいいときよく口笛で……」

とくに何も考えずにそう答えた。朋子さんは首を傾げ、まだ私を見つめている。

「この曲を……?」

「ええ」

「藪内先生は、ツェッペリンとグールドにしか興味がないんだと思ってました」

心底から不思議そうな口調に、ちょっと胸を突かれた。優介はどんな像を結んでいるんだろう、この人のなかで。朋子さんと私は顔を見合わせ、それから同時に頰笑んだ。

「今夜、ここに泊まりませんか」

きゅうに言われて、「えっ」と声に出そうになった。朋子さんはそういう私に、慌てたように手を振った。

「ごめんなさい、厚かましかったです」

「いえ、そんなことないです」

「つい、もっとゆっくりお話ししたいと思ったものですから」

それは私もそうだ、と思った。女どうしで都心のホテルに泊まって、一晩お喋りして過ごそうというのだから、べつにめずらしいことでもあるまい。それが失踪した男の妻と恋人で、しかも初対面であるとしても。

空いている部屋はジュニアスイートしかなかったけれど、ホテル側はツインの料金で泊まらせてくれた。交替でジャグジー付きのお風呂を使い、備え付けのCDからギター曲を選んでかけ、それからルームサービスでカクテルをたのんだ。窓のカーテンを開け放つと、高速道路の光の帯の上に満月が浮かび、遠くに暗い海が見えた。

優介がいなくなってから、こんなふうに外泊するのははじめてだった。窓に向かって座り、夜の街の景色を眺めながら、甘くて強いカクテルを少しずつ飲んだ。ギターの旋律は軽やかで快かった。朋子さんは自分の思いのなかに、じっと閉じこもっているように見えた。カクテルをたのんだのも、この曲を選んだのも、彼女だ。彼女は優介とここでひととき過ごしたことがあるのかもしれない……そう考えるのは、不愉快ではなかった。むしろそうであってほしいという気がした。生きている時間にはかぎりがあり、この身を置ける場所にもかぎりがある。それなら私は、優介が来たことのないところよりは、来たことのあるところにいたかった。

「藪内先生がどんな方と結婚しているのか、ずっと知りたいと思っていました」

グラスをテーブルに置く音がして、朋子さんが言った。明かりを消した部屋で、朋子さんの白い頬と白いバスローブに夜景が反射して、彼女は暗闇から浮かび上がっているように見えた。

「瑞希さんは、ご存じなかったのでしょう」

ただ事実を確認している、という訊き方だったので、私も「ええ、知りませんでした」と、ただありのままに答えた。

「大学のあの人の机のなかに、朋子さんの手紙があったんです。それではじめて知りました。手紙を見つけたときは、ぬか喜びしてしまって」

「ぬか喜び……?」

「優介は無事だって思いましたから。この人と一緒にいるんだって」

そのぶん、優介の失踪について朋子さんが何も知らないとわかったときのショックは大きかった。

「……私だったら」朋子さんが言った。「どんな状況であれ、他の女の存在なんて許せない。他の誰かにとられるくらいなら、死んでしまえって思う。きっと」

私だってこんなことにならなかったら、そういうふうに考えるかもしれない。でも、果たしてほんとうにそうだろうか……私はこの人みたいに、自分について確信が持てない。

「死んでしまえって、思いましたか」

「え」

「あの人が私と結婚しているから、死んでしまえって、そう思いましたか？」

朋子さんは口のなかで「いえ」と小さく言った。「そんなことは思いません。それに……私も結婚しているんです」

人が誰かに死んでしまえと思うとき、自分が結婚しているかどうかなんて関係あるのだろうか。

「……どんな方なんですか？」

「電気工です。ビルとか家の電気配線をする」

少し意外だった。でも朋子さんの声には、そう答えるのにも、そう思われるのにも、慣れている響きがあった。

「いとこ同士なんです。結婚は親に決められていて。でも子供の頃に仲がよかったから結婚してもうまくいく、とは限りませんよね。むしろ、私たちはお互い小さい頃から知っているということが邪魔になりました。結婚してすぐ、二人同時にそのことに気づいて、それからはまったく別々の人生です。今どこでどんな仕事をしているのか、何を食べているのか、誰と寝ているのか、何も知りません。もともと親戚ですから、離婚はしないでしょうけれど」

朋子さんはグラスに唇をつけたまま、しばらく何か考えているようだったが、やがてグラスをそのままテーブルに戻した。

「それより……」

酔ったのだろうか。こちらをじっと見る目が、奇妙な焦点の結び方をしている。

「私だけではなかったんですよ」

「え」

朋子さんは立ち上がると、バッグを持って戻ってきた。女性の名前の印刷された名刺をテーブルの上に置き、指先でそっとこちらに滑らせた。

「出入りの製薬会社の社員です。もし連絡されるのでしたら……でも彼女も藪内先生がいなくなられたことについては何も知りませんでした。確かめました。もちろん厳しく口止めしていますし、こちらと関係が悪化して困るのはむこうですから」

ご安心ください、とでも言うように、彼女は頬笑んだ。私は呆然としてしまった。優介の放蕩ぶりにではなく、朋子さんに。私と会うと決まったときから、彼女はこの場面を思い描き、準備していたのだろうという気がした。

「私が言うのは変かもしれませんが……重大にお考えになる必要はないんです。なんというか、あまり評判のよくない女性ですから」

「評判がよくない……?」

朋子さんは目を伏せた。

「医者なら誰でもいいという手合いは多いんです。彼女もそのひとりにすぎません」

でもあの人だって子供じゃないんだし……と、私の思ったのがわかったように、

「藪内先生のような繊細な方には、あまり向かない職場だったのかもしれません」

そう言って朋子さんは、眉をわずかにひそめた。「誘惑の多いところです」

その声には、たしかに真実味のようなものがあった。でもそれは朋子さんにとっての真実味であって、私の求めているものとは何の関係もなかった。

「こんなことを言って、気を悪くされるかもしれないですが」

どうぞ、と私は顔をあげた。朋子さんはこちらの表情を見定め、うなずいた。

「まさかこんなかたちになるとは思ってもいませんでしたが、遅かれ早かれ、先生はなんらかのトラブルを起こすような、実はそんな気がしていました」

「……そうですか」

「もちろん、私とのことで何か問題になるようなことはなかったはずです。私はそういう先生を、なんとかかばって差し上げたいと思っておりましたし……」

問題の軸がずれている、そう確信しているわりに、頭のなかは混乱していた。私が電話しても一杯ずつ飲み物をたのんだ。それが運ばれてくるまで、二人ともただ夜景を眺めて音楽を聴いていた。音楽が終わり、二杯目を飲み終えたとき、月の位置がいつの間にか変わっていることに気づいた。

「さっき……」

私はなんとか酔いのむこうに手を伸ばし、自分の考えを引き寄せ、まとめようとしてみる。

「優介がどんな相手と結婚しているのか知りたかった、そうおっしゃいましたね」

「こんなふうに実現したのは残念ですけれど」

朋子さんがこちらを向き、じっと待っているのがわかる。

「私は朋子さんの存在を知ってからも、どんな人かは考えなかったんです」

かすかな呼吸の乱れが、空気を伝わって私のもとまで届く。

「優介がいなくなった後だから、考える余裕がなかったのかもしれないけれど、今日ここに来て、はじめてお会いして、朋子さんについて何も想像していなかったことに気づきました。なぜ朋子さんに会おうと思ったのか、それもわかっていなかった……」

窓のむこうの月に向かって、私は語りかける。

「でも……朋子さんに会って、話をきいたり姿を見たりしていたら、優介が見えるかもしれない。そう期待してたんだって、今ようやくわかった。優介に会いたい、それだけしか考えてなかった。だから嫉妬もしなかったし、朋子さんがどんな人だろうってあれこれ想像することもなかった」

私の会ったことのない朋子さんは、優介の姿を見るための魔法のレンズとか望遠鏡とか、純粋に道具みたいなものだったのだ。

「見えましたか」

乾いた声で朋子さんが問う。

たとえ死骸でも、優介が発見されたらこのもどかしさは軽減されるのだろうか——そう考え、考えるそばから打ち消した。死んだかもしれないということと、自分のもどかしさを、こんなふうに結びつけるのは不当だ。私は黙っていた。

立ち上がり、身じたくをはじめる。ここでは一睡もできそうになかった。朋子さんは椅子の上で、じっと膝を抱えていた。コートとバッグを左手に持ち、ドアを開けて振り向くと、窓の外の満月がこちらを見つめていた。

「私は少し見えた気がします、藪内先生が」

後ろを向いたまま朋子さんが言った。私は廊下に出て、静かに扉を閉めた。

バスは山のなかに突然現れた集落で止まり、私たち夫婦を降ろした。ここから先は車の通れない険しい山道があるだけという行き止まりの集落は、しかしきゅうにひらけた空に夕方の光が充ち満ちて、明るかった。

ぎりぎりの折り返し地点を器用にまわり、バスは来た道を引き返してゆく。その走行音も消えてしまうと、あたりは穏やかな静けさに包まれた。畑の間の道を、優介のあとについて歩いた。ぽつりぽつりとある家はほとんどが平屋で、古い納屋に屋根のひしゃげたようなものがあるのは、冬に雪の多い証拠だろう。どこかで滝の音がする。その音がだんだん大きくなっているのに気づいたとき、優介は立ち止まった。

山間は急速に暮れる。紗《しゃ》でもかけたように、夜の気配が覆いはじめていた。よそより一段古く大きな家の前で、老年の男が何か葉ものをカゴに入れて運んでいる。深い皺に囲まれたふくろうのように大きな目、肉の薄い鷲鼻《わしばな》。が、えらの張った輪郭と、まるく小さく整った顎のかたちにはあたたかみがあった。見覚えのあるその顔に、いったいどこで、と考える間もなく、私は優介がいなくなって一年ほど経ってから見た不思議な夢を思い出していた。土と汗にまみれて、幸福そうな表情を浮かべていた優介。夢のなかとはいえそんな優介と会ったことで、私はその後の二年を凌ぐことができたのだった。今、目の前にいるのは紛れもない、その夢にでてきた老人だ。

翌朝から、優介は畑に出て働きはじめた。老人が栽培しているのはタバコで、畑はみずみずしい緑色に覆い尽くされている。初夏の今は収穫のはじまりだ。いっぺんに刈り取ることはせず、下から順番に熟す葉の様子をひとつひとつ見て、よい頃合いのをもいでゆく。手間のかかる作業だ。優介は連日汗みずくになって、収穫したものを囲いのしてある日陰に運ぶ。まずそこで葉を軽く乾かしてから、順繰りに乾燥室のラックに移すと仕上がりがぐんと上がる、というのが星谷《ほしたに》老人のこだわりらしかった。カヤを主体として落葉などを熟成させて作る堆肥をかき混ぜるのも、優介の仕事になった。

「ほら、これがタバコの花」

男の子が私を振り返り、まるい指先でピンク色の細い花弁をつまんだ。

「きれいでしょう?」

「ほんとう。こんな花が咲くって知らなかった」

「見たことなかった?」

「うん、なかった」

花を摘《つ》んでしまう前に畑に行こうよ、そう私を誘ってくれたのは老人の孫で星谷良太、十二歳というわりには小柄で、半ズボンからのびる脚がまだいかにも子供らしい。

「おねえさんは、優介先生の奥さんなの」

「そうよ。でもおねえさんはおかしいかな」

良太くんは、ちょっと困ったような顔をする。日に焼けた肌に囲まれたまるい目の、白目が眩《まぶ》しいほど白い。

山に抱かれたタバコ畑は青々と茂り、ときおり吹きすぎる風が頬を撫でていく。畑のなかに大きなかたちのいいどんぐりの木が一本、艶《つや》のある濃緑色の葉を繁らせて、畑仕事の合間に休息する人を日射しから守っている。

私たちが寄宿している星谷老人の家は、娘の薫さんとその息子良太くんの三人暮らしだ。薫さんは看護師で、町の病院までバスで通っている。星谷老人と薫さん父娘は、とても似ている。鳥を思わせる風貌、いつも見開いているような大きな目、肉の薄い高い鼻、ひきしまった細い軀《からだ》、めったに笑わず何を考えているのかわからないところがあるけれど、無駄口をきかない親切は実質的で、土地の人らしく口調も動作もゆったりしているのに、どこかきっぱりした思い切りのよさがうかがえる。

「タバコの葉はね、どんどん伸びるんだよ。じっちゃんは、タバコほどいとおしいものはないって」

うれしそうに私に話してくれる良太くんは、見た目は祖父にも母親にも似ていない。父親似なのだろうが、その父親がどこにいるのか私は知らない。

日が沈み、皆が夕飯を食べ終える頃になると、集落から一人、また一人と星谷家に子供たちが集まってくる。その子たちの親や、子供とはとくに関わりのないほかの大人も（たいていは老人だ）、子供たちに引き寄せられるようにやってくる。昼間の暑さと農作業から解き放たれた人たちで、仏間はいつの間にかいっぱいになる。以前、優介が世話になったとき、最初は良太くんひとりに勉強を教えていたのがだんだん塾のようになり、そのうち大人まで集まるようになった——そう薫さんが教えてくれた。良太くんだけでなく集落の人たちが、優介を「先生」と呼ぶのはそのためだ。

夕食をすませるといつも、優介と良太くんは本やノートやそれぞれ必要なものを持って仏間に入っていく。こんばんはーという子供の高い声が、ひとつ、ふたつ、夜の空気にひろがって、やがて授業がはじまる。

「おかあさんが、生きてた頃のようだ」

薫さんはひとりごとのように、にこりともせず目を見開いたまま、だが私が聞いているとわかっているからそう口にする。これがこの人の好意の示し方で、ほんとうにひとりのときに、たぶんこの人はひとりごとなんか言わない。こちらから訊ねてみると、篤農家である星谷老人のもとには、タバコ栽培がさかんな頃は何かと人が集まったらしい。

「今はもう、タバコやっとるのは年寄りだけだから。みんなお酒も弱くなって、早く寝てしまうし、さびしくなるばっかり」

仏間で、優介は辞典やテキストが積み上げられた床の間を背にして座っている。座卓を囲んでノートやプリントに何か書きこんでいる子供はたいてい五人、なかに女の子がふたり。皆、年頃も体の大きさもまちまちだ。笑い声、鉛筆のすべる音、子供に注意をうながす優介の声、そのむこうにつねに聞こえる滝の音。子供の指が筆箱のなかの鉛筆を探り、消しゴムが軽く弾むたび、家の周囲の暗闇は深く濃くなってゆく。

意外なことに、優介は子供にものを教えるのが上手だ。うまく興味をひきだすし、誰かがどこかでつかえていれば、からまった糸をときほぐす手伝いをそれとなく、手際よくする。私が子供の頃のことを訊ねても、小学校三年から高校を出るまで進学塾に通い続けて、部活もしなかったし受験勉強ばかりだよ……としか言わなかったけれど、こうして小さな生徒たちに慕われている姿を目にすると、私はなんともいえない気持ちになる。これが優介のしたかった生活なのだろうか。

授業はいつも、やや奇妙な脱線によってしめくくられる。たとえばひとりの子供がした質問、その日の天気や農作業の進み具合……ふとした何かがきっかけとなって、優介は語りはじめるのだ。なぜ台風が起こるのか、なぜ水晶は六角柱なのか、なぜ昼と夜があるのか、なぜ人間の遺伝子のなかには死を司《つかさど》るものがあるのか、ときには車が走る仕組み、火星まで行くにはどれほどの時間がかかるかといったことまで、まるで辻説法でもするように彼は今ある世界の不思議を説く。

最初のうち、頰をほてらせ目を輝かせているのはもっぱら優介自身だ。思い出さずにはいられない、以前のことを。ときどき何日も沈みこんだ後に、彼がこういう高揚した表情を見せたことを。もろく壊れやすい自分を剝きだしにして、そのぶん自分を忘れ果てているとしか思えなかった、あの表情、目の光。私は仏間のすみに座りこみ、全身まるで無防備に輝かんばかりになっている自分の夫を見つめて、ひどく胸苦しくなる。あのとき私はどうすればよかったのか——でもそれは、ほんの最初のうちだけだ。優介の声は徐々に皆の、私の内部に流れこみ、その表情を、皮膚よりも筋肉よりも頭蓋よりもはるかに遠いところから変えていく。子供も大人も息を詰めて聞きいり、不思議な笑みのようなものがその顔に貼りつく。座敷の空気は熱を帯び、ついには色あせた写真のなかの死んだ人たちまでが頰を上気させ、目に光を宿らせ、磨きこまれた仏壇はいっそう黒光りしはじめる。

この流れ者教師の言葉を、皆がどこまで理解しているかは謎だ。優介が語り終えても、しばらくは誰もがぽかんとしている。やがて少し決まり悪そうに彼が授業の終わりを告げると、子供も大人も夢から覚めたように顔を見合わせ、たった今過ぎたばかりの時の残照を互いの表情に認めあう。古びた小さな盆に載った、濃いお茶が差し出される。そのとき優介が、ささやかな誇りとともに深い安らぎを感じているのは誰の目にも明らかだ。

昼食後、星谷老人の午睡の時間に、私は良太くんと滝まで行く。滝の音を聞きながら集落のいちばん奥までだらだら坂をのぼり、林のなかを下りていくと、白い石の川原が開ける。川は大きく曲がっている。そのカーブのいちばん上流側まで行くと、滝は全身をあらわす。低く、幅が広く、水量豊富な滝だ。滝というより川が段になっていて、上の段から水が大量に落ちているという感じ。水は二筋に分かれ、片方がやや細い。そのため土地の人は夫婦滝《めおとだき》とよんでいる。

良太くんは滝より手前の、川幅も川原もほかより広くなったところで、膝まで水につかって釣り糸を垂れる。私は蚊取りを焚き、木陰に座って良太くんと喋ったり、釣りをする様子をただ眺めたり、夕食のしたくまでの時間をのんびり過ごす。優介は朝から農作業、夜には子供たちに勉強を教えるのだから、あたりまえのことだが疲れるのだろう。昼食を済ませると「ちょっと横になる」と、暗くひんやりした板敷きの寝間に入っていく。

「ねえ、バスで町に行って何か買ってこようか。お菓子とか」

ぼんやり滝の音を聞いていたら、前夜、布団のなかでそう声をかけたことを思い出した。

優介の食欲は、今ではごくふつうだ。たとえば夕食なら、玄米を炊いたご飯と玉ねぎの味噌汁、魚の干物、凍《し》み豆腐と野菜の炊き合わせといった献立を、ゆっくりよく嚙んで食べ、充分満足しているように見える。一時のたががはずれたような食べっぷりは、人の家なのだから慎むのが当然とはいえ、そんなに簡単に切り替えられるものだろうか。

「お菓子？　どうして」

優介は不思議そうに訊いてきた。

「どうしてって……もしここの人に遠慮しているんだったらと思って」

「遠慮はしないよ。したら、すぐにわかってしまうよ、あの人たちは」

それはたしかにそうだけど、と私は思う。

「タバコは俺にはよくわかんないけどさ、星谷さんのつくる米、すごいうまいな」

「うん、おいしいね」

今はほとんど自家用だが、昔から主たるタバコのほかに米もつくってきたのだという。米もタバコもお上の方針でコロコロ変わるから大変だ、そう薫さんが話してくれた。

「前は俺、玄米嫌いだったろ。それが、うまいんだよな」

星谷家は昔の家のつくりで、ずいぶん天井が高い。床から長押《なげし》までは短いくらいなのだが、長押から天井までの長さがある。その長押と天井の間の広い漆喰《しっくい》に、細いひび割れが走っている。地図に描かれた川のようなそれを、優介はぼんやり見つめている。

「うまいものってあるんだよなあ。この世には俺の知らないうまいものがいっぱいあるんだ」

私は返事ができない。そんなにしみじみ言わないでほしかった。

「俺は、うまいものは金を出しさえすれば食えるんだって、そんなふうにしか思ってなかった。その程度の人間なんだ」

「……そんなことないわよ」

「そうなんだよ」

「そんなことない。だってあなたは私のつくるしらたま、おいしいって言うじゃない」

私がしらたまをつくったら、帰ってきてくれたんじゃない……

優介は黙っている。私は手を伸ばし、隣の布団の彼の手を取る。優介はゆったりと、されるままになっている。

「……俺はたしかにそんな程度の人間だよ。でもこうやって旅をして、体使って働いて、しんからうまいと思うものを食ってると、そんな自分でもだんだんきれいになっていくんじゃないかって思うことがあるんだ」

おねえさん、おねえさん……

目を開けると、きれいな水色の線の入った魚がピチピチはねている。良太くんが私の顔をのぞきこんでいる。

「ああびっくりした」

私は笑ってみせるが、良太くんの表情は陰る。「眠ってた?」

「ううん、ちょっと考えてただけ」

じゃあよかった、と良太くんは魚に目を移す。魚の頭をしっかりと押さえる。

川風が涼しい。頭上の木々が揺れ、葉擦れの音が高いところで湧き上がり、枝々を伝ってこちらまでやって来てはまた舞い上がってゆく。

良太くんは魚の口から針をはずすと、川に返した。釣り糸を用心深く触る指先、魚をじっと見つめる瞳、川辺に立つ半袖シャツの後ろ姿、そういったひとつひとつを見るにつけ、同じことばかり考えてしまう。ここでの毎日が優介のしたかった生活なのだろうか、と。それなら生きているうちにすればよかったのに……と、そういう思いも、すでに焼け付くようなものではなくなっている。したかったのにできなかったことなんて、数えだしたらきりがない。でももしかしたら、したかったのにできなかったことも、してきたことと同じくらい人のたましいを形づくっているかもしれない。この頃はそんなふうにも思う。

川面が輝いている。私のたましいは、いったいどんなかたちをしているのか。

「あのね、ここで寝てはいけないんだよ」

ふいに言われて、見ると良太くんは釣り針に新しい餌をつけて立ち上がったところだった。私はさっき、良太くんが「眠ってた？」と訊いたときの不安げな表情を思い出した。

「どうして？」

良太くんはすでに私に背を向け、川のほうに歩きだしていたが、立ち止まり、「このあたりで釣った魚を食べてもいけないんだ。ほんとは釣ってもいけないんだ。だから、誰にも内緒だよ」

そう言ってちらりと振り向いた顔は、強い日射しのかげになって表情が見えない。

私は立ち上がり、水際まで行く。良太くんがどんどん冷たい水に入っていくので、丸石の上に爪先立って後ろから声をかける。

「どうして……」

声をあげた途端、静かに、と言うように、良太くんは人差し指を口もとに当てた横顔を見せた。私は木陰に戻った。川のきらめきが目に痛いほどだ。

やがて何も釣れないまま戻ってくると、良太くんは夫婦滝のほうを見て、

「あの滝の、滝壺のなかに洞窟があるんだ」

ぼんやりした声で言った。

「行ったこと、あるの？」

すると私の発言がよほど突飛《とっぴ》だとでも言うように、良太くんは笑いだした。

「誰も行ったことなんかないよ。だけどみんな知ってる。まず滝をくぐって、それから深く潜らないと行けないんだ」

「こわいわね」

私のありきたりな感想をどう思ったのか、良太くんはしばらく黙っていた。

「あのね」

「うん」

「おねえさんはこわがり？」

「ええっと、どうだろう」

「こわがりなら、話すのやめようかな」

「なあに。気になる」

おかあさんに言わないでね、と良太くんは前置きした。このあたりのほかの子が、母親を「かっちゃ」と呼ぶのに、良太くんは薫さんを「おかあさん」と呼ぶ。

「……そこは死んだ人の通り道なんだ」

「その洞窟が？」

「極楽と地獄、両方に繋がっているって」

私が曖昧な顔をしていたのだろう、良太くんは「エイスケのばっちゃが言ったよ」と念を押した。土地の迷信のたぐいなら、信じる信じないはともかく敬意を払うに如《し》くは無い。

「じゃ、ここで眠ってはいけないっていうのは……」

「寝ると、洞窟にたましいが吸いこまれてしまうんだ」

良太くんは、思いがけないほど目を光らす。

「コウタのおかあさんが、ユカ生んですぐ滝に飛びこんで死んだのは、畑さぼって、こっそりここで昼寝したせいだって」

私はため息をついた。「それはどうかなあ……」

「うそじゃないよ。エイスケのばっちゃが言ったもん」

「じゃあ、魚を食べてはいけないのはなぜ？　誰かが盗み食いでもして、死んじゃったわけ？」

ちがう、と首を振ると、なんとなくそれまでと違うテンポで良太くんは話しだした。

「この川にいるのは、ぜんぶじゃないけど、死んだ人が生まれ変わった魚だよ。せっかく洞窟の暗いところを通ってやってきたのに、ここですぐにまた命を落としてはいたましいから、捕っても逃がしてやるんだ」

ふうん、と思う。そう、魚に生まれ変わる人もいるのかもしれない。

「でもただの魚だよ」良太くんはきゅうに、おもしろくなさそうに言う。「うそなんだ、そんなの。もうわかっちゃったんだ」

「どうして」

「だって、捕まえるたびに調べてるんだ」

「調べるって」

「ちゃんと見るんだよ、魚の顔を」

「顔？　魚が死んだ人の顔をして泳いでくるわけ？」

やはり子供だな……こちらがそう思っているのがわかったのか、良太くんは黙りこむ。釣り竿を片づけながら、

「わかるはずだよ、絶対わかるんだ。もし……」

絞り出すような声に、あ、と思う。星谷家の黒光りする仏壇、その片隅に置かれた写真が目の奥によみがえる。

「良太くん」

良太くんはこちらに背を向け、ただ手を動かしている。

ぼんやりしたスナップ写真のなかで笑っている、年頃のよくわからない男。甘さの残る目鼻立ちを、奇妙なやつれが覆っている。あれが良太くんの父親ではないのか。私は滝に目をやる。あのむこうに、死者の国があるという……滝の音がきゅうに大きくなった気がした。今まで気にも

しなかったことが、浮かび上がってくる。

「そうか……あの人は、ここから来たのね？」

良太くんが怪訝《けげん》そうに振り向く。「あの人って？」

「優介先生は、最初ここにいたんでしょう？」

みるみるうちに、良太くんはきょとんとした子供らしい顔に戻っていく。ちがうよ、と首を振る。

「バスに乗って来たんだよ。優介先生は町から来たんだ、おかあさんと」


優介は薫さんに連れられてここに来たのか……どんなふうに薫さんと会ったのだろう、薫さんの働く病院にでも行ったのだろうか。薫さんが勤めているのは、町から少し離れた糖尿病専門の私立病院だときいているが……

優介に訊けばいいものを、なんとなく訊きそびれたまま寝ついてしまった。薫さんのやや暗いが深みのある声が、浅い眠りに漂う私の意識の底で、誰かの名を呼んでいる。誰の名だろうと訝《いぶか》りながら、私はまどろみの川をのろのろ流れてゆく。

夜中にふと目がさめた。隣の寝床に優介がいない。障子が白く光っている。今日は満月だ。

腰丈のナイロンジャケットをはおって、暗い廊下に出た。音をたてないように土間まで行き、素足をスニーカーに差し入れる。

月に隅々まで照らされて、景色は奇妙に平たかった。どこか遠くで狐の鳴く声がする。優介は畑だろうかと考えていると、滝の音がいつもより大きく聞こえる。さそわれるように林の斜面を降り、昼間、良太くんと過ごした川原に出た。

川向こうの山の上に月がぽっかり浮かび、川は銀色の帯となって流れ、白い丸石はまるで発光しているようだ。その丸石の上に、優介は膝を抱えてしゃがみこんでいる。

そっと歩いていき、横に私も座る。

「満月ね」

きこえなかったのだろうか。私のほうを見もせず、彼はまっすぐ暗い山を見つめている。滝の音がうるさい。

「ねえ……」

もう一度声をかけると、優介はゆっくりこちらを向いた。月の光が映って目が輝いている。

「……どうしたの?」

目の輝きがひときわ強くなり、唇が薄く、ほんのわずかに開く。

「私はおまえの夫ではないんだ」

低い声がした。

「え……」

「私はおまえの夫ではない」

じゃあ誰なの、と訊こうとして、口をつぐんだ。表情はないのに、優介の顔は異様に張りつめている。まるで眠りながら覚めているみたいだ、と思って、ああそうだと気づいた。この月とこの場所、この滝の音がいけないのだ。こういうとき、無理に正気づかせようとしたり返事してはいけないと、どこかできいた覚えがある。だが、

「わからないのかい、瑞希……」

その声を聞いた途端、動転のあまり私の視界は一瞬、空と暗い山と川原の石、見たことのないモノクローム の景色の断片とに分散してしまう。

「おとうさん……！」

かすれた声で叫んだ。

「わかってくれてよかった」

優介が、瞬きもせず薄く笑った。木々のむこうでしぶきをあげる滝、その遠いきらめきが見開いた目にはっきり映っている。

「おとうさんは、おまえのことが心配でたまらなかったんだ」

「おとうさん……私のこと、見ていたの？」

「もちろんだよ。おまえは私が死んだとき、たったの十七歳だったのだ。見守らない親などいない」

たちまち胸があつくなる。涙が溢れ出る。

「ずっとおまえを見ていたよ。おまえがあの男と結婚したときは、これは大変なことになったと思った。なんとか悪いことが起きないように、おとうさんはがんばっていたんだが」

「……おとうさんには、こうなることがわかっていたの？」

優介はうなずいた。

「おまえに申しわけないよ。結局こんなことになってしまった」

「おとうさんが謝ることじゃないわ。それにあの人は病気だったんだし」

「庇《かば》うんじゃない……！」

声は低かったが、語気の荒さにびくりとした。

「あいつがおまえにしたことといったら……」

優介の体が震えている。私は怯えた。父はこんなふうに怒りをあらわす人ではなかった。こんな粗野な声をだす人ではけっしてなかった。

「おとうさん」

なるべくそっと声をかける。と、優介はがくりと首を前に折った。きゅうに眠ってしまったみたいに。頭頂部のつむじが、無防備に私の前に差し出される。

「ねえおとうさん……」

さらに慎重に、やさしく声をかける。優介の肩がぴくりと動く。

「私のことをずっと見ていたのなら、おかあさんが五年前に亡くなったのも知っているわね？」

うつむいたままの優介の全身が大きく揺れ、うなずいているのがわかった。

「むこうで、おかあさんには会えた？」

優介は首を振った。あいかわらずうつむいたままだが、

「おまえは残念に思うかもしれないが、死んだ者どうしは会えないのだよ」

その声はくぐもることなく、私の耳に届く。

「おかあさんとは会えないの？」

「死者は断絶している、生者が断絶しているように。死者は繋がっている、生者と。生者が死者と繋がっているように」

「どんなふうだったの……むこうで」

優介が顔をあげる。凍りついたような、だが穏やかな顔だ。みるみるうちに、その顔は歓喜で輝かんばかりになる。

「おとうさんは蟹に生まれ変わったのだ」

「……」

「まったく天の配剤としかいいようがない。私が蟹になって海の底深くまどろんでいると、あの男が降りてきたんだ。自分から」

「それじゃ……」

「おとうさんは、海の生き物として当然のことをしたまでだ」

私は両の手で顔を覆う。「ああ……」

「いいか、あの男のことは忘れるんだ。おまえはきれいな娘だ、この上なく。おとうさんはこの先もずっとおまえのそばにいるから……」

肩を摑まれ、悲鳴をあげる。

目が覚めると、隣の寝床に優介がいない。障子が白く光っている。満月だ。

月に隅々まで照らされて、景色は奇妙に平たかった。どこか遠くで狐の鳴く声がする。優介は畑だろうかと考えていると、滝の音がいつもより大きく聞こえる。さそわれるように林の斜面を降り、昼間、良太くんと過ごした川原に出た。川向こうの山の上に月がぽっかり浮かび、川は銀色の帯となって流れ、白い丸石はまるで発光しているようだ。その丸石の上に、優介が膝を抱えてしゃがみこんでいる。そっと歩いていき、横に私も座る。

「満月ね」

夢からようやく覚めた気がして、声をかけた。

「ああ。また満月だ」

物憂いその声に安堵する。

「おかしな夢を見たわ」

「そうか」

「死んだ父が出てきたの」

「そうか」

ふーっとため息が体から漏れ出る。

「目が覚めて、すごくさびしくなった……あんな夢を見るのは、父が遠くなってしまった証拠だって気がする」

「あんな夢って」

「……でもそれで当然だって思うのよ。父が亡くなって二十年以上たつんだから」

「わからないよ、そんなふうに言ったって」

「ほんとうに？」

「わかるわけがないだろう、夢のなかのことなんか」

彼はつまらなそうに川を見ている。私はその肩に寄りかかって、ほっと息をつく。

「そうよね、だいいちあなたは父に会ったこともないんだし」

じっと、優介は私に寄りかかられたままでいる。

「訊いていい？」

「……」

「父に会った？」

私の問いの意味を、彼はすぐにわかったようだった。一呼吸置いてから、静かに答える。

「いいや」

「ほんとうに」

「ほんとうだよ。なぜなら……」

優介の言葉が途切れた。冷たい空気の層が、川のほうからどうっと押し寄せてくる。

「死者は断絶している。生者が断絶しているように」

平たい声で彼は言った。しばらくの間、私は身動きすることができない。

「それなら」

私は寄りかかるのをやめ、ゆっくりと体を起こした。川の水を見つめて静かに訊ねる。自分の声が、遠くから聞こえる。「死者と生者は、繫がっているの？」

「そうのぞむなら」

そのままふたりで夜の川が流れるのを見ていた。水のなかをたくさんの、生まれ変わったばかりのものたちが流れているにちがいなかった。行く宛はあるのか。

「ああ、うるさいなぁ」

ふいに優介が声を大きくする。

「この滝の音。今夜にかぎって、なんだか耳についてね」

うるさいうるさいと思っていたら近くまで来てしまった、彼はそう言ってため息をついた。もう行こう、と立ち上がる。

手が差し出される。見上げると、優介は頬笑んでいる。ふたり手を取りあって、月明かりのなかを歩いた。林の暗い斜面では、優介がいちいち足もとを注意してくれる。ときどき私を支える彼の腕に力が入って、手首の青く細い血管が浮き上がる。ひょーん、ひょーん……風に電線が鳴るようなあの音が、空の彼方から聞こえてくる。思わずしがみつくと、優介は歩みを緩めることも私を見ることもないまま、ただこっくりとうなずいた。


ふいに、何かの拍子に、出てきた家を思い出すことがある。

浴槽の樹脂の手触り、ベッドのヘッドボードのかすかな傷、ダイニングの窓に射しこむ夕方の光。そして優介の部屋。寝室は私と一緒で、優介の部屋はいわゆる書斎だ。六階の北東向き、五畳ほどの小さな部屋だが、前が公園なので窓のむこうに空がひろがっていた。優介は毎朝、寝室を出ると自室に直行し、ブラインドを窓のいちばん上まできっちり引き上げた。ときどき、椅子の背によりかかってぼんやり空を眺めていた。

私がその部屋に入るのは掃除機をかけるときくらいで、こっそり机の引き出しを開けてみることなど考えもしなかった……と、彼がいなくなった後の混乱のなかで問われるまま正直に答えると、ある人は「信じられない」と言い、ある人は私の怠慢をそれとなく避難した。失踪という事実が唯一の厳然たる答えであり、すべてはその答えに至るための条件なのだというように。世の中の夫婦というものは皆、相手の持ち物をひそかに、あたりまえに、調べているのだろうか……ともあれ、部屋の主が行方不明となるとそう呑気にもしていられない。行き先の手がかりを捜して、何日も書斎に潜りこんだ。引き出しを開けたり古い手帳をめくったりするたびに、事の不穏さが少しずつ確定していく気がして、最初はずいぶんこたえた。それがだんだん、いつの間にか、たとえばとっくに着なくなったコートのポケットを探りながら、ぞくぞくするような秘密のにおいに否応なく引き寄せられている……そんなふうになったのは、あれはいったい何だったのだろう？　まだ何ひとつ見つかってもいないのに。やがて喉の渇いた動物みたいになっている私の前に、ささやかな履歴を物語る品々が現れた。高校の生徒手帳に挟まれた、きちんと折りたたんだピンナップ。そっと開いてみると、まだ少女のようなロシア系美女が、素裸でハイヒールだけ履いて頰笑んでいる。長いこと折りたたんでいたせいで、紙の折り目は白く擦りきれそうになっていて、私には珍妙としか思えないポーズをとった薄桃色の肢体を格子状に分断している。手帳の最初のページにある証明写真の彼は、詰め襟姿、目もとの涼しい少年だ。

本棚の隅のボックスファイルには、インクの滲んだ旅先からの絵葉書、悩みに閉じこめられた長い長い手紙、コーヒーのしみのついた住所録、ほとんど空白のダイアリーのある一日につけられた×印。どこから出てきたのか、ぎこちなく頰笑むおかっぱ頭の女性の写真が一枚、いつの間にか窓枠にひらりとのって、私を誘うように外の光を集めていた。おかっぱ頭の女性は白いクロスのかかったテーブルを前に座っていて、テーブルには蠟燭の立った小さなケーキと、まだ半分くらいワインの残ったデキャンタがある。どこかレストランでのスナップなのは明らかだが、その女性がいかにも普段着のトレーナー姿だと気づいて苦笑した。たぶん優介は、彼女の誕生日か何かに、いきなり呼びだしたのだろう。それも「レストランが予約してある」とは言わずに。察しがつくのは、私もそうされたからだ。彼女の頰笑みのぎこちない理由が、唐突に唐突な相手と誕生パーティをするはめになったせいなのか、たんに着ているものが場に相応《ふさわ》しくないからだけなのか、そこまではわからない。けれどもこういう、ちょっと勝手な（あるいは自分勝手きわまりない）サプライズを、男性だろうと女性だろうと自分が興味を持った相手に仕掛けてゆくのが、優介は好きだった。ときには効果絶大だったが、やりすぎて失敗することももちろんあった。失敗するとひどく落ちこんでしまうのに、それでもやめない。やめられない。そういう優介のすることを、私はちょっと迷惑だと思いながらも、いつの間にか適当にかわしたり、逆に待ちかまえたりできるようになった。すると優介は拍子抜けするほどくつろいだ表情を見せるようになったのだが、それが私にとっていちばんのサプライズだったかもしれない。

ほかにもたくさんのものを私は見つけた。普段よく着る衣類は基本的に寝室のクローゼットだったので、優介の部屋の幅半間ほどの物入れには、私の知らない彼のいろいろな時間が積み重なっていた。イタリアの伊達男がするような派手なネクタイ、誰かミュージシャンのサインの入ったジャズフェスティバルのTシャツ、小学校のときの皆勤賞の賞状、書きかけのノート。写真のなかの見知らぬ土地、見知らぬ男たち女たち。

だが何を見つけても、何を問いかけても、それらの物の持つ気配は不思議なほど穏やかなままだった。突然持ち主でもない人間にひっぱりだされたというのに、「我々はただひっそりと無害に眠っていただけだ」といわんばかりなのだ。これでは優介の居場所を語ってくれるわけもなかった。結局私はため息をつき、窓から空を見上げることになる。北東の灰色の空のほうが、まだしも彼の現在について何か教えてくれそうな気がした。

休日にはその部屋で、優介は本を読んだり、パソコンで調べ物をしたり、音楽を聴いたりソファで昼寝をしたり空をぼうっと眺めたり、半日ばかりをひとりで過ごした。どうせひとりでいるなら、と私が外出してしまうとなぜか不満げで、でも別にさびしいわけでも不便だというわけでもないらしい。どうやら、自分（の部屋）と外界を隔てる心理的なクッションが、私が家にいるほうが少しは厚くなると感じているようなのだった。

自分の部屋にいるとき、彼は扉を必ず十五センチくらい開けていた。その十五センチくらいの隙間が、たとえば季節とか天気とか、あるいは優介の機嫌だとか、そういったもので変わることはけっしてなかった。たとえ私と少々気まずくても、扉は必ず開いている。それは優介らしい気遣いだったともいえるが、逆にどんな気持ちのいい風の吹く日でも、十五センチは十五センチのまま維持された。開け放しはしない。優介は真鍮のドアストッパーをふたつも持っていた。

その十五センチの通路は、私と優介の結びつきそのものだったのかもしれない。私たちは開け放ったり閉めきったり、伸びたり縮んだり、くっついたり離れたり、そういうふうにはできなかった。十五センチの隙間からもどかしく手を伸ばし、その距離を守ることが互いを守ることだと思っていた。

優介がいなくなってから、私はその扉を閉じた。開けているのが辛くなったのだ。家を出るときも、閉じたままだった。開けてくれればよかった、と旅の空で幾度か思うこともあった。今はるかに遠く隔たって、私のなかで優介の部屋の扉は十五センチ開いている。そこから柔らかな光の筋が漏れ、ときおり下の公園で遊ぶ子供の声が燦《きら》めく響きのかけらとなってかすかに届く。扉の前に立つと、部屋のなかで低く流れる音楽を聴きながら、優介の後ろ姿が永遠に安らいでいるのだ。

台所の窓からは、広々とタバコ畑が見渡せる。良太くんの言っていたように、タバコはどんどん伸びる。そして今、夏とともにその葉は熟し、やさしい色味を帯びている。

茹であげたばかりのうどんを冷たい水で洗っていると、星谷老人が外での作業を終えて、土間に入ってきた。すぐお昼です、と声をかける。

「良太の姿が見えんな」

「さあ……畑のほうにいるとばかり思ってましたが」

お膳がすっかり整っても、良太くんは戻って来ない。私は星谷さんと優介にうどんをすすめて、川原まで行った。きっと釣りでもしているにちがいない。

「良太くーん」

頭上の枝から鳥がけたたましく鳴いて飛び立った。川原のごろごろした石を踏みながら、私は滝のほうに歩いた。

川がカーブして滝が姿をあらわしたとたん、無意識のうちに予感していたのかもしれない光景が目に飛び込んでくる。縞模様のシャツ。落ちる滝の水に押さえつけられては浮かび、うつぶせになったり仰向けになったり、良太くんの体は人形のように水に弄《もてあそ》ばれていた。

夢中で川に駆けこみ、思いがけない水の力にぎょっとなった。強引に進もうとして、倒れこむ。立ち上がったとたんにまた足がもつれて腰を岩にぶつける。それからのことは順序立てて思い出せない。無数の泡、目前に迫る岩、暗い深み。押し返そうとばかりしていた水が、一転して私を引き寄せようとしている。どちらが岸でどちらが水面なのか、ただ切れ切れに、泡が、光が、緑色の混沌が、めまぐるしく交替する。すると突然……

光のなかを浮遊している。それは私だ。不思議なことに、私は浮いている自分の姿を、より深くより暗いところから見上げている。私の体は薄明るい水中で、宙づりになっている。髪が逆立ち、燃えさかる炎のように揺れている。ああ、あのときと同じだと思う。子供のとき頭のおかしな男に川に突き落とされた、あのときと……ふと気づくと、洞窟がすぐそばで黒い口を開けている。そこからぴんと張った幾千もの絹糸を指先で鳴らすような、軽やかでうねりのある音が聞こえてくる。心がしんとしずまる。疑う余地のない、たったひとつの答えをとうとう見つけたとでもいうように。ここは、とてもあたたかい。

早くおいで、と呼びかける。私の体は棒のように突っ立ったまま、徐々に沈み、近づいてくる。逆立った髪だけが、水面近くの光を求める別の生き物みたいに激しく揺らめいている。と、その背後を何かが横切った。

——良太くん！——

少年の小さな体が薄緑色の光のなかを漂い、半回転し、ゆっくり両腕を広げる。止まっていた時計が動きだすように、水の流れがよみがえる。水中の柔らかな十字架に向かって、私は手を伸ばした。

あっと思ったら、優介が私を見下ろしている。私は彼の腕をしっかり摑んでいる。束の間わけがわからない。騒がしい夢を見ていたような気がする。やっと息をすることを思い出したみたいに、長いため息をつく。優介はこくりとうなずき、私の手をそっとはずすと、白い掛け布団を直した。

「……ここは？」

「町立病院」

「町立……？」

私の額にかかった髪を、優介は手のひらで撫でるようにして枕のほうに流してくれる。

「川原に探しに行ったら、良太くんときみが岸で倒れていたんだよ。声をかけたら、いったんははっきり返事して立ち上がった。憶えてない?」

曖昧に返事する。徐々に水中の情景がよみがえる。

「良太くんは?」

「岩で頭を打っているから検査が必要だけど、命に別状はない」

そうきけばもちろん安堵するが、どこかであらかじめわかっていたという気もする。なんだろう、この感じは。この満足した、それでいてむなしいような奇妙な感じは。

「きみには生き運がある」

「え」

「おとうさんが昔、そう言ったんだろう?」

うん、と私はうなずいた。「……憶えててくれたの」

優介は頬笑んだ。どこかさびしい頬笑みだった。犬のような澄んだ目が、私を見つめている。

ああこの人が、と思う。父と母と、そして夫であるこの人が、私を守り支えてきた。これからもそれは変わりはしまい。生きていようと死んでいようと、たいしたちがいはないのではないか。

でも……

あのとき私があの洞窟に入っていたら、もしそうしていたら、私たちずっと一緒にいられたの？　私がそうしなかったから、何かが変わってしまったの？　訊きたいのに、言葉にならない。

「ナースステーションに言ってくる、目を覚ましたって」

素早く立ち上がると、優介は病室を出て行った。

するすると頬を熱いものが走る。耳のなかに入ると、どれもすぐさま冷たくなった。


夏は急速に色あせ、日の光に繊細な角度がつき、夜の闇は濃くなった。タバコの葉は収穫を終え、乾燥小屋にきちんと収まっていた。今年の冬は納屋を修理せねばな……食事どき、誰にともなく星谷老人がつぶやいた。良太くんの事故以来、一気に老けこんだように見える。一週間入院した良太くんは、今は元気に走り回っている。むしろ年寄りの衰えのほうが、なかなか回復しないようだった。

昼間はまだ半袖だが、晩になるとぐっと冷えこむ。この秋はじめてストーブを焚いた夜、私は台所のテーブルに向かい、灯油のにおいを懐かしく感じながら優介のズボンの綻《ほころ》びを繕《つくろ》っていた。薫さんは良太くんの事故以来はじめての当直で留守、優介は子供たちに勉強を教えている最中だ。星谷老人は私の斜め向かいに座って、前から依頼されているというタバコ栽培に適した土壌についての文章に取り組んでいる。ときどき消しゴムを使ったり、喉の奥でうなり声をあげたりしていたが、やがて大きなため息とともに鉛筆を投げ出してしまった。ひとたび畑に出れば、小指の先まで確信に充ち満ちている人が、まるで宿題に取り組む子供のようになっているのがおかしい。

「お茶でも淹れましょうか」

声をかけるといったんはうなずいたが、星谷さんはすぐ原稿用紙に目を戻した。

「いや、子供らの勉強が終わったらにしよう」

柱時計を見上げると、まだ三十分はある。

私は縫い物の続きにとりかかった。柱時計のコチコチいう音、ときおり仏間から聞こえる子供の声、ストーブの燃える密かな音。それらに耳を澄まして、無心に針を運ぶ。昔、家にいた頃は、繕い物などろくにしたことがなかった。逆に、洗濯屋に出しもせずに汚れきるまで着て捨てる、ということもなかった。どちらも旅に出てからするようになったことだ。なんのことはない、ただの衣服の扱いにすぎないのだけれど、そういうささいなことにもささいなことなりの幅があるものだと思う。

ふと顔をあげると、星谷さんがこちらを見ている。

「ちょっと、いいかね」

「ええ」

私は糸を切り、針刺しに針を休めた。星谷さんは背をわずかに伸ばした。

「実はこの間のようなことがあると、気がかりでならん」

「何か心配ごとでもあるのですか」

「いろいろとな。薫をどう思う」

「どう、と言いますと?」

「つまり……倅《せがれ》が死んでも、あれがここにいてくれるのは、わしはありがたい。ありがたいのだが」

では星谷さんは薫さんの義父だったのか。雰囲気も顔立ちも、ふたりは実の親子のようによく似ている。私は薫さんが、この家の以前のことを話すときの口調を思い出した。まるで自分の子供の頃のことを語るようだったが……

「息子さんはいつ亡くなられたのですか」

二年前、と星谷さんは答え、すぐに「死んだのは、二年前だ」と言い直した。

「あれはまあ、まさに野垂れ死にだ」

どんな死に方をしたのか……私の疑問を覆い隠すように、星谷さんは話を続けた。

「薫が家を出たことがあってな」

「それは……息子さんが亡くなってからのことですか」

星谷さんは小さくうなずいた。「良太はここに置いたまま、一人で行方を絶った」

何からどう考えたらいいのかわからない。私は話の続きを待つしかなかった。

「……家出人の届けも警察に出して捜したが、なんの手がかりもない。半年近くたって、これはもう駄目かと諦めたところに帰ってきた。優介さんと」

「そうでしたか……」

「薫はひどいやつれようだった。隠してはいたが、手足が痣《あざ》だらけでな……いったいどこで何をしていたのか、訊いても何も憶えておらんと言う。それ以来、あれは倅のことは口にせんが、どこか以前と変わった気がする。ときどき川原で、滝を見てぼんやりしておる。なんとも心許ない、以前はけっして見せなかった顔をする」

それがいちばんの気がかりなのだろう、老人は無意識に胸をさすっている。

「優介は何か知っていましたか」

「いや」

そのまま星谷さんも私も黙った。薫さんはなぜ優介と会うことになったのか……あまり明るい想像はできなかった。

「もし優介が何も知らないと言うなら、それは本当です。あの人はつまらないうそをつく人ではないですから」

星谷さんになにか言ってあげたかったが、私にはそのくらいしか思いつかなかった。無論、とうなずき、星谷さんは私の顔を見て頰笑んだ。

「いや、倅も言っていたとおり、タバコはわしの代で終わりだ。こんな田舎にいても、良太と薫にいいことはなかろう……日増しにそう思っていたところへ、この間の良太の件だ。あんたは薫と年も近いし、思うところがあれば聞いてみたかった」

「私は……ここはとてもいいところだと思います」

「さびしいところだ」

私は肯定も否定もしなかった。「もしここを出て、薫さんと良太くんに行く宛はあるのですか」

「あれの実家は文具の大きな問屋でな。兄が継いでいるそうだが」

星谷さんはそう言うと、ストーブの火をぼんやり見ている。

「でも薫さんも良太くんも、ここが好きですよね。今はまだ、ここから離れることは考えなくていいんじゃないでしょうか」

「そう言うが、もう……」

「まだ二年、と私は思いますが」

長いため息とともに、うつむいた老人の体がひとまわり小さくなる。何か言いかけたと思ったとき、私と星谷さんの間を黒い影が横切った。いや、そんな気がしただけだったのか。

「星谷さん、気分が悪いんじゃありませんか」

無言で首を振る。しばらくして顔をあげると、いつもの賢い鳥のような表情に戻っていた。

「わざわざ言うまでもないが……優介さんとあんたさえよかったら、好きなだけいてくれていいんだ」

落ち着いたあたたかな口調に、ほっとする。

「……ありがとうございます」

「どんな事情で旅をしているのかは知らん。が、女のあんたにとってはえらい苦労じゃなかろうか」

「苦労もありますが、私はこれがいいんです」

言いながら、ここにずっといられたら、とふと思う。そんなことを思うのも、ずいぶんひさしぶりだ。

ジッとぜんまいの音がして、柱時計が鳴りはじめた。九つ鳴り終わるのを待たずに、立ち上がる。

「お茶のしたくしてきます」

台所で茶筒の蓋を開けながら、窓から空を見上げる。今日は十日月か……

夜中、家中が甘い花の香りで充たされた。夏の盛りがふたたび戻ってきたような、強い香りだった。いったい何の花が咲いているのだろうと思いながら洗面所で歯を磨いていると、風呂上がりの薫さんが、洗い髪を手櫛《てぐし》ですきながら階段をのぼっていく後ろ姿が鏡に映った。おやすみなさい、と声をかけると、いつも少し目を見張っているような、その大きな目をもっと大きくして薫さんは振り返り、おやすみなさい、と階段をのぼっていった。おやすみなさいと言うときの頬笑みが、前夜、星谷老人にきいたばかりの話とともに、いつまでも頭から離れない。

「薫さんとどこで会ったの」

布団に入ってから訊くと、隣ですでに横になっていた優介は、面倒くさそうな声で「バスの待合所」と答えた。

「町の」

「うん」

「なぜ、あなたも一緒にここに来ることになったの」

「なぜって……そんなのわかるだろう、これだけふたりで旅していれば。そういうこともあるって」

それはまあそうだ。

「あのね」

「早く寝ろよ」

「うん……あのね、もうひとつ訊いていい？」

優介は背中を向けてしまう。あきらめて目をつぶった。そろそろ眠気がやってきた頃になって、

「なに？」

背中を向けたまま訊いてきた。

「え」

「なんだよ。なんか訊きたいんだろ」

「だから……その」私は口ごもった。「……薫さんはあなたと同じなの？」

「ええ？」

よほど意外に感じたのか、優介は枕から頭をあげてこちらを見た。「なんでそんなこと思うの」

「星谷さんが」

「星谷さんが、どうしたんだよ」

「薫さんのこと心配して、話してくれたの。いなかった間のことを訊いても、おぼえてないって
不安そうな顔をするんだって」

「そうか」

ふたたび頭を枕にのせ、優介は天井を見つめた。

「あの人は俺と同じなんかじゃない。ぜんぜん違う、ぜんぜん違うよ」

そう言って、目を閉じた。ぜんぜん違う、という言葉はさびしかった。

「さっきバスの待合所で会ったといったのは、うそじゃないけど」

優介は考え考えして話している。

「こっちはその少し前から知っていた。最初に見たのは、海辺の食堂。薫さんは、夫だった人と一緒だった」

「え」

薫さんが家を出たのは、ご主人が亡くなってからのはずだが……

「そうなんだ」優介はぽつんと言った。「俺と同じなのは薫さんじゃなくて、亭主のほう。みっちゃんの勘は半分当たり」

軽く投げ出すような口調になっている。

「目をひいたよ、あのふたりは。薫さんはやつれきって、蕎麦を一本一本吸い上げるのが精一杯という様子で食事している。それを眺めるあの男の目といったら、まるで……うまく言えないけどさ、生まれてはじめて女の人と付き合ってるやつみたいだった」

それきり黙りこむ。ねえ、と声をかけると、ゆっくり私のほうに寝返りをうつ。

「あなたは何をしたの」

優介の瞳が揺らめいた。私の目を、口もとを、頰を、ずっと昔、はじめて横になった姿勢でお互いを見つめ合ったときのように見つめている。

「ただ、あのふたりのそばについて回った。なんというか、そうしないではいられなかった」

「心配だったの」

「そういうことなのかもしれないけど、わからない。薫さんが心配というより……気になったんだ、亭主のほうが。あの男はどう見たって、もう崩れかけてた。なのに女房を連れまわして、まだうろうろさまよっている……」

「その人は、今どうしているの」

答えはない。誰かがこちらを見ているような気がして、寝間の暗がりに目をこらす。優介は仰向けになり、目隠しをするように手のひらで自分の両目を覆ってしまった。

「優介……」

私はもう一度、布団から目だけ出してあたりを見回す。そしていちばん遠い天井のすみの、細かな煤《すす》を集めたような黒々した闇から視線が動かせなくなる。

暗闇は実際、煤のような微細な粒子が蠢《うごめ》いているように見える。その動いているものに目を据えたまま、訊いた。

「どうして薫さんは帰ってきたの」

「薫さんが帰りたかったから」

即座に、平板に、答えたあと、

「……消え方もいろいろ見たけど、けっこう人それぞれなんだよな……」

ひとりごとのように言うのが聞こえた。

なんのこと、と訊きたいのに声が出ない。優介はまだ何かつぶやいている。その声がぼやけ、遠ざかっていく。かわりに滝の音が耳を聾《ろう》する。見えない手で後ろから髪を摑まれでもしたかのように、自分の頭がのけぞってゆくのに抗《あらが》えない。薄暗い寝間が、暗闇に落ちていく。

風が吹き抜け、あとには草の葉の擦れる音だけが緩やかに続いた。眠りから覚めるように視界が開ける。あたり一面、薄《すすき》だ。私は小高いところから、その白銀色に光る薄の原っぱの間を黒く蛇行する川を見つめている。やや離れた川岸に、優介と見知らぬ男が、カセットコンロにのせた鍋を挟んで座っている。

「これは俺が釣ったんだ」

見知らぬ男が、鍋のなかのものを箸でつつきながら言った。表情が動くと、男の顔には若々しさと憔悴が同居しているのがわかる。その奇妙なやつれ方に見覚えがあるのだが、記憶が焦点を結べない。

「どこで」

優介は鍋に手を出さずに訊いた。優介の声も、喉が詰まったような苦しげな男の声も、どちらも私の耳のなかで話しているみたいにはっきりと間近に聞こえる。

「答えろよ、どこで釣ったのか」

「波止場で。それがどうかしたか」

「いや」

「見たこともない魚だ。変な恰好だな、頭ばかりでかくて。知ってるか？」

「知らない」

「あんた目玉を食うか？」

「食わない」

「じゃ、目玉は俺がふたつとも食っていいか？」

「食えよ」

男はピンポン球ほどある魚の目玉を箸の先にのせ、口のなかに放りこんだ。熱かったらしく、口をひょっとこのように突きだし、自分の目玉を白黒させている。優介はいかにも冷ややかにそれをながめていたが、やがて川の流れに視線を移した。

「なあ」

口いっぱいに頬張ったまま、男が話しかける。「俺、昔こんな場所に来たことがあるような気がする。だけどいつだったのか、ぜんぜん思い出せないんだな」

「そんな昔じゃないよ」

陰鬱さをにじませて、優介が答える。

「じゃ、いつ」

優介は黙殺する。風が渡った。白銀色の薄が、風の道筋を彼方まで伝えていく。が、その先は白い靄《もや》に覆われている。蛇行する川の姿に、ふと思い当たった。滝のあるあの川だ。ふたりが座っているあたりは、良太くんがいつも釣りをする場所と、川の広さも曲がり具合もそっくりなのだった。もしそうなら、ここはちょうど滝の上あたりになるはずだが……私のいる場所も、私の体も、川霧のような靄にすっぽり覆われている。水音も聞こえない。

「さみしいところだな」

黙っている優介への不満を口にするかわりに、男はそう言った。なんとなく落ち着かない様子で、口のなかのものをもぐもぐ噛んでいる。優介が小石を手にすると、ぶたれ慣れている犬みたいにびくりと身構えた。小石が川に向かって投げられると、

「俺はあんたとは違う、なんてことは思ってないよ」

また鍋に箸を伸ばして言った。

「どういうことだ」

優介は眉を寄せる。

「つまり」

男は鍋のなかのものを箸でつまみあげ、小皿に取りもせず、じかに口に持っていく。やわらかな魚のはらわたが、ずるずる音をたてて男の口に吸い上げられていく。優介の顔色が青白くなる。

「つまり俺は風邪をこじらせて死に、あんたは自分で勝手に死んだ。だが結局のところ何かに殺されたってことに変わりはない。そういうことだろ?」

「そうかな」

「そうかなって……え、もしかして後悔してるの?」

優介は首を傾げ、「あんたは?」と訊いた。男は一瞬、心外だというような顔をしたが、すぐまた鍋に箸を突っこんだ。

「とにかく女房と俺のことを、ほっておいてくれよ。俺はあんたにどうこう言う気はないんだし、関わりは持ちたくない」

「そんなに俺が目障り?」

優介はうつむいて、小石をふたたび手のなかで玩《もてあそ》んでいる。「ただあんたと話したいってだけなのに」

　そりゃまあ、と男は軽く咳払いした。優介の手のなかの小石をちらりと見る。

「俺だってあんたと最初に会ったとき、なんかこう、あんたがなんでこんなとこをうろついてるのか、どこに行こうとしてるのか、知りたいと思ったよ」

「ずっとそうしているつもりか」

「そうしてって」

「女房とうろうろさまよってるのか」

「最初はね」男はふと、川の流れてゆくほうを見つめた。薄がさわさわと揺れている。

「最初は、もうずっとさまよっていようって、そう思ってた。だけど、それは無理らしいってことがわかってきたんだ、きゅうに」

「無理なのか？」

「らしいね。昨日なんか風呂に入ってたら、なんとなく、こう、お湯んなかで指先が透《す》けてるんだよ」

　男は箸を握ったまま自分の手を見て、それから優介のほうを向く。「あんた、まだどこもかしこもくっきりしてるな。俺なんかもう、字が読めなくなっちゃった」

「字が？」

「読めないんだよ、見えてるのに。意味のないのたくりにしか見えない。もとは俺だって、そりゃ漢字は苦手だけど、とりあえず何だって読めたんだが」

男はそんなことを言いながら、またしつこく鍋のなかをのぞきこんだ。優介はそういう男を、どこか感心したように見つめている。

「……そうやってだんだん、繋がりがなくなって、すっかりなくなって、とうとうむこうへ行くのか……」

優介のつぶやきが聞こえたのか聞こえなかったのか、

「あのさあ、俺、あんたが苦手なんだよ」

男はいきなり箸を投げ出した。「親父となんとなく感じが似てる」

「親父さん、何をしてる？」

「農家だよ、タバコ農家。こだわってんだ、タバコに。気が知れない」

「嫌いなのか、親父さんが」

「嫌いっていうか……完全に見切ってたら、せめて自分のために好きな振りだけでもできたんだろうが、俺はそれもできなかった」

優介は暗い顔をして鍋をにらんでいる。男は両手を後ろについて、白い空を仰いだ。

「もしなんでものぞみを叶えてやるって言われたら、あんたならどうする」

優介が答えないのを見越していたように、男は続けた。

「のぞみっていうんじゃないけどさ、俺はこの俺のまま、もう一度生きるのだけはごめんだ」平べったい調子で、男は言った。「こんなに自分に愛想が尽きてるのに、俺は自分で死ねなかった。その勇気がなかった」

「そんなんじゃないんだ……」優介の声がかすれる。「死ぬのに勇気なんか、ちっともいらなかったよ」

「そうなのか」

「うん」

ふたりは黙りこんだ。しばらくして、

「飯はちゃんと食えよ」

そう言った男の体は、いつの間にか薄ぼんやりと光るクラゲのように半透明になっている。

「飯が食えなくなったら、そこでおしまいだぞ」

「よくおぼえておくよ」

「俺はちゃんと食ってるし、まだしばらくは大丈夫なはずだ」

「どうして」

「どうしてって、薫がいるから……薫が俺をひきとめているから」

「あんたが奥さんを引きずりこもうとしているだけじゃないか」

「そうかもしれない」男は薄く笑った。「……あいつはほんとは帰りたがっているのに、自分でそれがわかってない。ああ見えて、流されやすい、だらしのないところがあるんだ。最初に会ったときもそうだった。俺はまる一ヶ月の間、あいつを俺の安アパートから一歩も外に出さなかった。そうやって女房にしたんだ。あいつがほんとうに逃げる気だったら、そうできただろうに……」笑いながら、ますます透明になっていく。

「のぞみを聞かせてくれよ」

ふいに優介が言った。「さっき言っただろう、もしなんでも叶えてやるって言われたらって」

「聞こえない……もっと大きな声で言ってくれ」

「のぞみを言え、と言ったんだ」

「あんたに何かできるのか」

「しばらくの間、憶えておくくらいは」

男の姿は、もはや光の粒の集まりになっている。その粒がさらさら動き回ると、まるで浅瀬の水がきらめくように輝いた。

「早く言えよ、今ののぞみを言えよ！」

だが光の粒は、冷たく澄んだ空気にちりぢりに溶けていった。白い薄の群れが一斉に風に揺れ、わずかに残っていた気配を振り払う。やがて岸辺にうずくまる優介を、濃い川霧が包んだ。

満月だ。夜、私たちはあたたかな服装をして川原に出かけた。晴天だと昼間はまだ半袖なのに、夜にはセーターを着たいほど冷えこむ。優介と子供たちは川辺で野外授業をし、薫さんと私はやや離れたところで石の上に座って、月の光を映す銀色の川と子供たちをながめた。山の上、雲ひとつない空に、月がまるまると白く太って輝いている。

優介が空を見上げる。「では月についてみんなの知っていることをあげてください」

ハイ、と五人の子供たちが先をあらそうように手を挙げる。

「小さい順にいくか」

優介が言うと、小学三年のユカちゃんがたちまち得意そうに、

「月では音が聞こえません」と答えた。

「ユカちゃん、よくおぼえていたね。どうして音が聞こえないんだっけ?」

ユカちゃんは「うーん」と考えた。「誰もいないから?」

「大気がないからでっす」

四年生のエイスケくんが、いつも少しかすれている声を張りあげる。

「なぜないのか」

「重力がないから」

「ぜんぜんないの？」

「地球の六分の一！」

優介は満足そうにうなずいた。「ほかには？」

「月の一日は、地球の二十九・五日です」良太くんが答えた。

「地球の十五日ぶんも昼が続くなんていいなあ」六年生のミナコちゃんが言った。「夜が来なければ、ずっと遊んでいられる」

「でもそのあと、ずっと夜になっちゃうよ？」

エイスケくんが口をとがらせる。

「そしたらずっと寝てるよぉ」

なんだミナコは不精者だなあ、とエイスケくんは笑った。優介も笑った。ユカちゃんもユカちゃんの兄のコウタくんも笑った。子供たちの気持ちが張りつめているのがわかる。今日が最後の授業だと、もう知っているのだ。

「ほかに何か、月について知ってることは？」

すると良太くんが手を挙げた。

「地球から見える月は、いつも同じ面です」

「うん。なぜそうなるか説明できる？」

「月は地球のまわりを一公転する間に、一回自転するから」

「そう、月はいつも地球に顔を向けているんだ。もっとも、いつも背中を向けている、と言えなくもないか」

わかんない……と心細そうなユカちゃんの声がする。「お月さまは、どっちを向いているの」

「こっち向いてるよ。こっち向いて、ユカにべろべろばーってしてるぞ」

コウタくんがそう言い、ユカちゃんは「にいちゃんたら、ちがうもん」と小さなこぶしを振り上げた。それからまたすっかり無心になって月を見上げる。

「月の裏側を見たいなあ」

良太くんがつぶやく。

「この間、図鑑の写真で見ただろう？」

優介が言うと、良太くんは首を振る。「そうじゃなくて、自分で」

自分で、と良太くんは力をこめる。川で溺れるようなことになった理由を問われて、良太くんはけろりと「洞窟をほんとに見てみたかった」と答えたのだった。あまりけろりとしているので薫さんが叱りつけたくらいだが、私もあやうく溺れ死にするところだったと知ると、「ごめんなさい」と泣きだした。それからずっとしゅんとしていたけれど、それももう終わったということなのだろう。

「自分の目で？」優介が言う。「それなら宇宙飛行士になって地球の外に出かけて行くしかないな」

——死んだら見れるよ——

唐突に、エイスケくんが言った。優介と良太くんが揃って体を固くしたのが、遠目にもわかる。

「うちのばっちゃは言ってるもん。じっちゃは月にいるって。畑もせんで、月の上でぶらぶらしてるって」

ユカちゃんが「あ、エイスケくんのじっちゃ、見つけた！」と月を指さし、皆が笑った。良太くんもにこにこして、優介と顔を見合わせている。

「こんないい月なのに」

間近で薫さんの、少し残念そうな声がした。星谷さんが今日も早寝してしまったことを言っているのだ。最近の星谷さんは、ひとまわり弱く小さくなって安定したように見える。

「でも顔色は、ずいぶんよくなってきたみたい」

私の言葉に、薫さんはうなずいた。

「私は畑はできないし……おとうさんには迷惑ばっかりかけてる」

「薫さんも、このあたりで生まれたの？」

「ううん。そう見える？」

私が「うん」と答えると、彼女にしてはめずらしいくらい、はっきりうれしそうな顔をした。

「昔のこと知ってるみたいな口をきくのは、死んだ亭主からきいてたことを話してるだけ。だんだん、自分がほんとに見たことみたいな気がしてくるから不思議だよね」

川岸から、子供たちの歓声が聞こえてくる。

「どんな人だったの？」

どんな人だったかねえ……ため息をつくように言って頬笑んだが、さっきほど明るい笑みではなかった。

「高校の途中で家を出てしまって、町でいろんな仕事して、病院のシーツや白衣のクリーニングの仕事に就《つ》いてたとき私と会ったの。良太ができて、ここに戻ったんだ、三人で」

「そう……タバコ作りをしていたの？」

薫さんは首を振った。

「あの人は、タバコに見切りをつけろといつもおとうさんに言ってた。それもあって、戻ってからも親子喧嘩が絶えなかったのよ」

「……」

「でもおとうさんはね、土地を分けてくれたの。好きにやれって。あの人はちょっと変わった種類の芋を作りはじめて……おいしかったよ。特別な種芋を取り寄せて、自分の子供より芋のほうが大事かってくらい、大事にしてた。結局、収益あがるまで辛抱できなかったけど」

夜の風が穏やかに吹いている。川辺の授業に、薫さんは目をやった。

「……ほんとはもう一人、うちの人の上に兄がいて、子供の頃に亡くなったの。お母さんもあとを追うように死んで、あの人も今はもう、こっちのお墓に入ってる」

「二年前に亡くなったって、星谷さんにきいたわ」

そう、死んだのは二年前。口ずさむようにそう答えると、彼女はちょっとの間ぼんやりしてしまった。

「あの人が芋のことで失敗して、借金までこしらえると、親子喧嘩はますますひどくなった」

低く、ゆっくり話しだす。

「あの日はとくにひどかった。夜更けまで怒鳴りあって……朝起きたら、いなくなってた」

「いなくなってたって……ご主人が？」

うん、とうなずき、黒々した目で私を見た。

「それが六年前。とんでもなく遠いところで、偽名を使って肉体労働してたらしい。ねえ、農家が駄目だったのに、よく務まったよね」

「……」

「二年前に連絡があった。風邪をひいて一週間くらい仕事を休んでると思ったら、死んでいたって。もう荼毘《だび》に付された後だった。仕事仲間の人たちが所持品を整理して、期限の切れた保険証を見つけたの。それで電話してくれたんだ」

「それまで、どこにいるかわからなかったの」

「わからなかった。ぜんぜん。そんなことってあるんだよね」

「……ええ」

「それで、おとうさんがお骨を受け取りに行くことになって、飛行機の切符を買って……」

薫さんの声は輪郭がぼやけて、夜の空気に溶けひろがり、そのまま川の流れにのってどこかへ行ってしまいそうになる。

「でも結局私が行ったの、絶対大丈夫だから行かせてくれって、良太をおとうさんにたのんで。なのに、帰ったのは半年もしてからだった」

話し続ける薫さんの瞳に、月の光が映りこんだ。

「いったいどこでどうしていたのか、ぜんぜん思い出せない。気がついたら、骨壺の風呂敷包みを抱えて、いつものバスの待合所で座ってた。疲れてて、頭がものすごく痛くて、着ているものや髪が臭った。ぼんやり顔をあげると、向かいのベンチに優介さんがいたんだ。優介さんも私に負けず劣らずぼろぼろで、『旅をしている者ですが、何か食べさせてくれませんか』って。こっちもぼうっとしてたから、『うちはこっからバスで三十分かかるよ』って。そしたら、かまいませんって言うから、じゃあいらっしゃいって」

うちに来て漬物だけでご飯何杯食べたかなあ……そう言うと、薫さんは笑った。「次の朝起きると、畑でおとうさんのこと手伝ってた」

私はそれを知っている、夢を見たから。夢で会ったから。

「へんな人だと思ったけど、うちの人だって、こういうふうに他人の世話になったんだろうって思ったし、おとうさんも同じことを考えてるのはわかった。そのうち良太が勉強を教えてもらうようになったりして、だんだん私、もしかしたら優介さんはこの世の人ではないんじゃないかって、そんなことを考えるようになった。天からやってきたんじゃないかって。だから、きゅうに『行かなくてはならないところがあるから』って言われたときは、私も良太と一緒になって、じきお祭りだからそれまでいなよって、ずいぶんひきとめた。しまいにおとうさんが、困らせてはいけないって言ってね……」

私たちは黙って月の光を浴びながら川を見つめていた。明日の朝になれば、優介と私はここを出てゆく。理由らしい理由があるわけではない。渡り鳥が飛び立つときを知るように、そのときがきたということだ。

長い間ありがとう。私が頭をさげると、

「またおいでよ。きっとおいでよ」

薫さんは言った。「瑞希さんといると、兄弟姉妹と一緒に暮らしていた子供の頃を思い出すよ」

「いいなあ、私は一人っ子だったから」

思わず、そんなことを言ってしまう。「親もとっくに死んだし、もうほんとうに一人ぼっちになってしまった」

「優介さんがいても、そう思う?」

「……ときには」

「そういうことも、あるかもしれないね」

薫さんはやさしく言って、川面を見つめている。

優介と子供たちは、そろそろ家に戻るようだった。私たちも立ち上がる。冷えてしまった腰をさすりながら、川原の石の上をゆっくり歩きだす。

「おっきなお月さまだねえ」

薫さんが目を細めて見上げる。暗い森のなかで、夜の鳥の声がした。

7

それからは誰にも会わず、仕事にも就かなかった。空気は冷え、海の色は深みを増し、空は日に日に広く大きくなっていった。優介は国道脇の食堂で、テーブルに肘をつき、行き交う車をながめている。

「食べたら」私は言った。「ここの玉子丼おいしいよ。玉子が新鮮なのかな」

うん、と返事しながら、優介はまだ外に目をやったままだ。

優介はほとんどものを食べなくなっていた。髪や髭の手入れを私にさせることもなくなっていたが、もともと身ぎれいにしているたちなので、伸びた髭や髪に毎朝きちんと櫛をいれている。むかし一緒に家にいた頃、そうしていたように。馴染《なじ》んだ毛布の触感、電気シェーバーの音、トーストのにおい……優介が髪を梳《と》かすと、朝の記憶の蓋が開く。少し早口な彼の声。「このシャツにこのネクタイおかしい？」

あの頃、時間はひとつづきの一本の棒のようなものだった。それが今はどうだろう、いろいろな時間がそっくりそのまま、別々に存在している。そう私には感じられる。優介と暮らしていた時間、優介がいなくなってからの時間、まだ優介と会う前の時間……いや私が生まれるよりずっと前の時間も、死んだあとの時間もぜんぶ含めて、今の今、何ひとつ損なわれてなどいないのだ。不思議な幸福感が胸に押し寄せる。まるで一足飛びに未来に来てしまったみたいな気がする。想像さえしなかった、広々した、これ以上どこへも行けない未来に。

澄みきった冬空の下を、海からの風に吹かれて歩いていく。遮るものは何もない。わずかに降っている雪が、風に散り散りに吹き飛ばされていく。ひろがる海の彼方に、白い稜線が見える。

「浜に下りてみようよ」

風に吹き飛ばされてしまいそうで、声を張りあげる。優介が振り返り、私は返事を待たずに砂浜に下りるコンクリートの階段を駆け下りた。海が銀色に輝いている。水の上に黒く浮いているのは海鳥の群れだ。波のうねりにまかせて上に行ったり下に行ったり、海鳥はのんきなんだか大変なんだか私にはちっともわからない。そのわからなさが心地よかった。白い骨のような流木の散らばった砂浜を、ザックを背負い手提げ鞄を持ったままよろよろ走る。振り返ると、優介も私を追いかけて走っている。私は手提げ鞄を投げ捨て、水際を思い切り走る。「おい！」と優介が叫び、私は走りながら笑った。彼は私の手提げ鞄を拾って、ちょっと重そうに走りだす。誰もいないのに、荷物なんかほっておけばいいのに。でも優介はそういう人だ。放っておくことができない。だから、すぐ足をとられる。

「待てったら」

間近に声がして、ぱっと振り返る。彼は砂の上にしりもちをついた。

「なんだよ、きゅうに……」

優介は肩で息をしている。私が差し伸べた手をとって立ち上がる。立ち上がったその胸に、ふっと顔を埋める。心臓の音が聞こえる。荒く呼吸しながら、優介は無造作に私の体に腕をまわす。

「きれいなところだろ」

優介の体のなかで響いた声が、胸に当てた耳に直接聞こえた。私はうなずく。

「もっときれいなところがあるんだ。俺が知ってるなかでいちばんきれいなところ」

「……そこに行くの？」

「うん」

顔をあげると、優介は目を細めて海の彼方を見つめている。光が彼の癖のある髪を白く縁取っている。

「そんなところ、行かなくていい」

ふたたび胸に顔を埋めて言う。「家に帰ろうよ。一緒に帰ろうよ」

帰ろうよぉ、とすがりついて泣きたい。でも溢れるのは涙ではなく、優介がいなくなってからずいぶん長い時間を生きてしまった、という実感だった。むなしさに似ているがむなしさではなく、さびしさに似ているがさびしさでもない。このままどこへともなく旅していたい。目の前にはただ茫漠と空白の海がひろがっている。今の今はもう未来などではなかった。優介は黙ったまま、そんな私の背中を抱いていた。

ふたりで流木に腰かけて、水平線のむこうに沈む日をながめた。気づいたときには、夜の気配が荒い波音とともに砂浜に猛然と押し寄せていた。風は寒く、体の芯まで冷え切っている。

「もう行こうか」

私はうなずく。ひどく疲れて、優介の腕につかまらないと立てなかった。

海辺の車道に戻り、さらに半時間くらい町とは反対方向に歩くと、一軒だけぽつりと宿があった。強い風に吹かれている宿だった。外から見ると、風に飛ばされないように地面にへばりついているような小さな家だが、いったん部屋に入り、布団にくるまって風の音を聞いていると、むしろここは風にとりまかれることで支えられているのではないか、という気がしてくる。

「風がやんだとたん、板壁が一枚ずつぱたんぱたんと倒れて、最後に屋根が落ちるかもしれない」

　私が言うと、優介は短く笑った。

「……そういうこと言うの、みっちゃんらしいな」

　ずっと水の音の聞こえるところにいたのに、今はそれも聞こえず、ただ風に封じこめられたようになっている。客は私たちしかいなくてがらんとしている。部屋も廊下も湯治客用の厨房も、あるものすべてが、盆の一枚に至るまで北国の海風に晒され尽くしている。ただ、溺れてしまいそうなくらい深い木製の湯槽《ゆぶね》には、海底からひいているというお湯がいつもなみなみと溢れていた。お湯はとても熱く、透明で、口に含むと塩味がした。脱衣場の温泉分析表には、源泉の温度が七十度とある。ひいてきたお湯を外のタンクで冷ましてから、湯槽に流しこむ仕組みらしい。海の底は冷たくて暗くて静かなところだとばかり思っていたけれど、こんな熱いものが湧いたりもするのか、とぼんやり考えた。

　食事の時間になると、宿をひとりで切り盛りしている耳の遠いお爺さんがお膳を運んできてくれる。夏の間はもっとたくさんの人が働いているけれど、冬は皆、町に出ているということだった。お爺さんはお膳を運んでくるたび、

「わしひとりでもおればの。おらんよりはましでの。あんた方みたいなお客さんも、ぽつぽつみえるでの」

と、毛糸帽をかぶった頭を振り振りして同じことを言った。それから歯のない口を開け、生まれたばかりの赤ん坊みたいなにやぁとした笑いを見せるのだった。お膳にのっているのは海草の佃煮とふのりの味噌汁、塩辛、夕食はそれに筒切りの白身魚かエイを煮付けたものが一日交替で付く。その一日交替がくるうことはけっしてなかった。

優介は話をしたがった。読んだ本、登った山、行った国、聴いた音楽、練習した楽器。前から私の知っていることも知らなかったこともあった。私にも何か話せと言うので、私は父の工場で働いていた人たちのことを順番に思い出しては喋った。工員は多いときは二十人いたから、話が尽きることはなかった。布団に寝そべって、波紋のような天井の木目模様を見つめながらぽつりぽつりと思いつくまま言葉を並べていると、まるで自分たちが深い水底に横たわっていて、声が泡になって浮かび上がってゆくのを見ているような気がした。声も、言葉も、発せられるそばから泡になった。煙みたいに湧き上がったかと思うと、ふいにその数を減らし、また湧き上がっては減る。そうやって泡はだんだん体中から抜けてゆき、やがてぷくりとひとつ送り出されたのを最後に、無音という音もない、分解し尽くされた世界がやってくるのか……時を引き延ばそうと、私は小さな空気の泡を少しずつ吐くことに意識を集中する。優介はそんな私の横で、体中の穴という穴から細かな泡粒を惜しげなく噴き出させていた。上のほうにのぼっていくにつれ輝きを増し、弾け、拡散していく空気の燦《きら》めきに、いつしか私は見とれている。初夏の晴れた日、空に向かって柳の木が飛ばす無数の綿毛に見とれたように。このままこの景色をずっと眺めていたい……だが突然、優介は疲れ果て、黙りこむのだ。するとこのときを待っていたとばかりに、ゆらりと爪先立ちする蟹の黒い影が現れて、横たわる私たちをすっぽり覆ってしまう。蟹は私と優介の間で、迷い箸するように鋏を揺らしている。私の髪も海草のように揺れている。その髪がする伸びて優介の頬を撫でると、彼の唇の間から、残っていた言葉とも呻きともつかないものが漏れ、やがてふたたび際限もない泡が立ちのぼりはじめるのだった。泡は蟹の姿を覆い隠し、次の瞬間、あたりはまた凪に囲まれた宿屋の一室に戻っている。

日々はその繰り返しで、昼も夜もなくなった。話しているのか聞いているのか、その区別も曖昧になった。悲しい話も不思議な話も、どれも青緑色や乳白色の川になってさらさらと、どうどうと、流れこんできては流れていった。

そんなふうだったから、あるときききゅうに、

「あの店で買ったしらたま粉、まだ持ってる?」

と言われたとき、あの店というのが私たちを一晩泊めてくれた、切り立った崖のある町のよろず屋のような食料品店だと気づくのに、ちょっと時間がかかった。

「あるわよ」

「食べたいな」

「今？」

「うん」

廊下に出て時計を見ると、夜半近かった。厨房の横の部屋に明かりが点いており、共用スペースの大きなストーブから暖をとるために扉は開いている。老人は天眼鏡を使って新聞を読んでいた。いつもかぶっている毛糸帽を脱いでいるので、先の尖った里芋みたいな頭のかたちをしているのがわかった。すみませんお台所使わせてください、と声をかけると、まるく小さな目をわずかに見開き、無言で立ち上がった。

「鍋は？」

プロパンの栓を開け、夜中の台所に不似合いなわれ鐘のような声で訊いてくる。

「小さいのを、お借りできますか」

「なに？」

「小さいのを」

もう一度言うと、かたわらの雪平鍋をコンロにのせた。

「なにをこさえる？」

「しらたま」

うなずきもせずに、老人は鍋に水を張ってくれる。古い業務用コンロの点火つまみは案外なめらかそうにまわり、ボッと青い火が点いた。

ボウルに粉の残りをぜんぶ入れ、水を注いで耳たぶの柔らかさにまるめた。滾《たぎ》った湯に落としてから、窓の外をふとながめた。厚い雲が猛然と流れている。と、ぴかぴか光る大きなまるい月が現れ、また雲の向こうに隠れた。隠れても、その光は隠しようもなく雲間から漏れ出て、上空を照らしている。ひょーん、ひょーんという、聞き慣れたといってもいいあの音がきこえてきた。なぜだか、もうその音をきいても不安ではなかった。あちら側だろうとこちら側だろうと、どちらでもよかった。優介と私のたましいがここにある。今はそれだけでよかった。

「あんたのご亭主は、それはにゅうわな顔をしとるの。女のようだの」

ふいに老人が、そんなことを言ってくる。

「そうですか？」

しらたまをすくいあげながら振り向く。ああそうだ、と老人は里芋みたいな頭を振る。

「あんたが男にならにゃいかんの」

そう言って、いつもの赤子のようなにやぁとした笑いを見せた。

できあがったしらたまを三つの小鉢にわけ、白砂糖をかけた。ひとつを老人に渡し、ふたつ匙を借り、おやすみなさいと部屋にひきあげる。老人の部屋から、仏壇のリンの鳴る音が聞こえる。しらたまを供えたのだろう。死んだ人のいない家はない。

向かいあって、ふたりで食べた。白砂糖だけかけて出すのははじめてだったが、優介はひとつひとつ、甘さと口あたりをたしかめるように食べている。以前、優介はしらたま以外の甘いものは食べなかった。もっと以前は、甘いものは一切食べなかった。はじめて私のつくったしらたまを食べたとき、彼はまるでそのやわらかさをこわがっているみたいにそっと口を動かしていた。そうだ、そうやって少しずつ、お互いの世界をひろげていったのだ。

その夜、私たちは旅に出てからはじめて、ほんとうの意味で抱き合った。それは優介と私が出会い、やがて結婚生活を送ってきたなかで何百回も繰り返したであろう営みと、手順やかたちという意味では、何の違いもなかった。長年馴染んだ者どうしの、慣れた道を辿っただけだった。優介は快楽のさなかで泣きそうな子供のような顔をする。つらくてたまらないときそっくりの声を漏らす。いとしい声、懐かしい顔が、私をくるりと裏返しにしてしまう。

皮膚の膜をくぐり抜けたい。腕も脚も、どれが自分のものだかわからなくなっているのに、まだもどかしい。まだ隔たっている。汗に湿った敷布から逃れるように、畳の上に背を滑らせる。隔たりを越えてどこまでも行こうと、私は川を渡っている。橋もない、舟もない川を渡っている。橋もいらない、舟もいらない、ただ水に押し流されそうになりながら川を渡っている。川は川そのものが隔たりなのか、隔たりを埋める水が川なのか——どこへも行けない。戻ってきてしまう。このまま押し流されても同じこと。でもいっしんに、夕方の馬たちのように渡っている。

翌日、吹きどおしに吹いていた風がやんだ。髭を剃ってくれ、と優介が言った。長くなった髭と髪を鋏で切ってから、剃刀を使った。午後になって、出かけるしたくをはじめた。

冬の薄日が穏やかに射し、海はしずまっている。海沿いの車道を一時間ほど歩き、とくに看板などないけれど駐車場らしいひび割れだらけのアスファルトを横切ると、枯れ草の間の踏み分け道に入っていった。ハンノキの林を抜け、海岸に出る。すると真珠色に輝く沖に向かって、細い細い陸地がゆるく湾曲しながら続いていた。岬のような高さはなく、ただ平たく細長く続いているだけだから、今にも海に沈んでしまいそうに見える。夏の間は旅行者が訪れるのか、枯れ草が倒れて踏み分け道になっていた。

優介はその道を、先端に向かってずんずん進んでいく。海のほうからかすかに風が吹いてくる。その少しばかりの風の冷たさが、目にしみて痛い。マフラーで顔を覆い、ついていく。シャーベット状に凍った海は、岸近くの浅いところは緑がかった鮮やかな空色だ。凍りついたハマナスの実の赤が、海の色に映えている。行く手には、足もとを海水に覆われて立ち枯れた松の木が何本か、影のように身を寄せ合っている。もっときれいなところがある、優介がそう言ったのはほんとうだと思った。

「海流で砂が運ばれてできた地形なんだ。やがて海の水が浸食して、木が立ち枯れた」

振り向いて、優介はそんな説明をする。白い息の大きなかたまりが吐き出され、消えていった。

「木はいつ生えたの?」私の白い息は、彼のよりずっと小さい。

「さあ、せいぜい百年前だと思うよ」

優介の口調は冬空の白さのように明るく、足取りは澄んだ空気のように軽い。

突端まで三キロほど歩いた。先に行くにしたがって、ますます細くなっていた陸地は、いちばん先ではまるく膨らんで学校の教室くらいの広さがあった。突端だけ地面がやや隆起している。そこから海を眺めると、ぐるりと長い水平線と、はるか遠くの半島が蜃気楼のように透き通って見えた。ところどころ白く波立っているのは、海中に岩でもあるのだろう。しずかな海だ。

優介が私のことを見ている。「持ってきた?」

「……ここなの?」

「出して」

私はザックをおろして、お経の束の入った封筒を取り出す。

「燃やすの?」

無言で彼は手を差し出す。私は封筒を胸に抱きかかえるようにして、流木に腰をおろす。優介も横に座る。

「あのさ、適当なこと言っただけだったんだ」

「……適当なことって」

「燃やさなくちゃいけないものがあるだろうって、きみに言ったの」

頬笑んで、優介は首を振った。

「そしたらこんなのが出てきたから、ちょっとびっくりした」

「……」

「みっちゃんの習字、すごいへたなんでそれもびっくりした」

私は封筒を胸にぎゅっと押しあてる。姿の見えない海鳥の声が、かすかにした。少しの間、彼はその遠い声に耳を澄ましていた。

「ちゃんとあやまりたかった」

優介は沖のほうを見ている。「でもどうやってあやまったらいいか、まだわからない」

「優介……」

話しかけようとした私から顔をそむけ、優介は逃げるみたいに体を捻った。

「行かないで」

返事はない。ただ背中がふるえている。行かないで、と私はもう一度言った。どうか、どうか消えないでほしい。優介とこのまま旅していたい。優介といたい。

「みっちゃん」

声が、弱々しく変わっていた。

「……正直に言うと、こうやって留まっているのはもう限界だと思う」

優介のものとは思えない、ゆらゆらゆれる蠟燭の火のような、今にも消えてしまいそうな声だった。

「海も、空も、光も、とても痛い。痛いんだ」

優介は首をすくめ、背を丸め、全身に力をこめてうずくまっている。黒い防寒コートの背中に、空から淡く白い光が降りそそぎ、細かな纖維の表面がきらきら光っている。見上げると、太陽は空を覆う薄い雲のむこうで、檸檬色にぼんやり灯っている。体のなかを、砂時計の砂がさらさらさらさらさらさらさら絶え間なく、戻りようもなく落ちてゆくあの音が聞こえた。耳をふさいでもその音は消えない。優介の背に頰を寄せる。涙が纖維に黒いしみをつくった。優介は背中を向けたまま私の手をとり、自分の心臓に押しあて、じっとしている。

彼のライターで、私が封筒に火を点けた。ふたりで流木に腰かけて、炎の燃えるのを見ていた。小さな炎が、小さいなりにさかんに燃え、徐々に燃え尽きていく。百枚の半紙は細かな灰となり、海からの風にちりぢりになってしまった。

「ああ、冷えきった」

優介はきゅうにそう言うと、荷物からポットを取り出し、熱いコーヒーをステンレスのカップに注いだ。こうやって外歩きをするとき飲み物を用意するのは、彼のいつもの役目だった。海に囲まれたその場所で、ひとつのカップからかわるがわる、舌が焼けるほど熱くて甘いコーヒーを飲んだ。カップの底からふと目をあげると、雲間から光の筋が海に射している。ああいうのはたしか、なんとかの梯子といったはずだけれど……そう思ったとたん、優介が「ヤコブ」とつぶやく。

ハマナスの実は赤く、岸に近い海水はエメラルド色に凍っている。天からさしのべられた梯子は、白く透き通っている。そのむこうの灰色の空は、石のように静かに明るい。

悲鳴のような鋭い声がして、目が覚めた。

凍えて、体が動かない。流木に預けていた頭を起こすと、足もとにコーヒーを飲み干したステンレスのカップが転がっている。日が沈もうとしていた。低く厚い雲がひろがり、光の梯子は消えている。枯れ草の上で寄りそう荷物。でもあたりを見回すまでもなく、わかってしまう。ここにいるのは私だけだ。

と、あの鋭い声がふたたび、間近に聞こえた。

頭上を白鳥の群れが飛んでゆく。腹の羽毛の真っ白い膨らみと、そこから続く翳《かげ》りのなかで揃えた足が、はっきり見てとれるほど低く飛んでいる。翼を堂々とひろげた姿、隊列の整然とした様子にくらべて、その黒い足は不器用そうにも、集団に馴染むことをほんとうは拒みたがっているようにも見える。あんなものを抱えて飛んでいるのか……そう思ったのを知ってか知らずか、コウコウと鳴く声がひときわ高く湧き上がった。

群れはしなやかにうねり、銀色に鈍く輝く水平線を目指した。彼らがやがて芥子粒《けしつぶ》ほどになり、海に埋もれるように見えなくなると、あたりに残っていた生き物の濃い気配も、波音に紛れ、消えてしまった。ここでできることは、もう何もなかった。季節は渡りを促している。海に挟まれた細い、今にも沈んでしまいそうな道を、私はふたりぶんの荷物を持って歩きはじめた。

〈了〉

初出誌
「文學界」二〇〇九年九月号
単行本化にさいし加筆されました。

湯本香樹実（ゆもと・かずみ）

1959年東京生まれ。東京音楽大学音楽科作曲専攻卒。
1993年、初めての小説『夏の庭——The Friends』で
日本児童文学者協会新人賞、児童文芸新人賞を受賞。
同作品は映画化・舞台化されたほか、十数ヵ国で
翻訳出版され、米・ボストン・グローブ＝ホーン・ブック賞、
ミルドレッド・バチェルダー賞等を受賞した。
また2009年、絵本『くまとやまねこ』（酒井駒子画）で
講談社出版文化賞絵本賞を受賞。
他の著書に『西日の町』『ポプラの秋』『春のオルガン』
『わたしのおじさん』などがある。

岸辺《きしべ》の旅《たび》

2010年2月25日　第1刷発行

著　者　湯本香樹実《ゆもとかずみ》
発行者　庄野音比古
発行所　株式会社　文藝春秋
〒102-8008　東京都千代田区紀尾井町3-23
電話　03-3265-1211

印刷所　大日本印刷

製本所　加藤製本

万一、落丁・乱丁の場合は送料当方負担でお取替えいたします。
小社製作部宛、お送り下さい。定価はカバーに表示してあります。

ISBN978-4-16-328980-9

湯本香樹実の本

西日の町

十歳の「僕」が母と身を寄せ合うアパートへふらりと現われた「てこじい」。無頼の限りを尽した祖父の秘密、若い母の迷いと哀しみを瑞々しいタッチで描いた感動小説。（文庫版もあり）